MICHAEL CUNNINGHAM

Américain, Michael Cunningham est né en 1952 à Cincinnati, dans l'Ohio. Son premier roman et ses nouvelles publiées dans le *New Yorker* lui ont attiré la faveur de la critique américaine, mais c'est *La maison du bout du monde*, paru en 1990, traduit en quinze langues, qui lui apporte la consécration littéraire. Après *De chair et de sang* (1995), *Les heures* (1999) a reçu le prix Pulitzer et le Pen Faulkner et été unanimement salué comme un chef-d'œuvre. Michael Cunningham vit aujourd'hui à New York.

LES HEURES

MICHAEL CUNNINGHAM

LES HEURES

BELFOND

Titre original :

THE HOURS

publié par Farrar, Straus and Giroux, New York.

Traduit de l'américain par Anne Damour

Tous nos remerciements pour les autorisations suivantes :

Extrait du *Journal* (tome III) de Virginia Woolf dans la traduction française établie par Colette-Marie Huet © Éditions Stock, collection Nouveau Cabinet Cosmopolite, 1983.
Extraits de *Mrs Dalloway* de Virginia Woolf dans la traduction française établie par Marie-Claire Pasquier © Éditions Gallimard, 1994.
Lettre de Virginia Woolf à Leonard Woolf (n° 3702) extraite de *The Letters of Virginia Woolf*, Hogarth Press, avec la permission de Random House UK et des ayants cause de Virginia Woolf.

ISBN 2-266-10262-1

Chercherons-nous un autre tigre, le troisième ?
Mais il sera toujours une forme du rêve,
Un système de mots humains, non pas le tigre
Vertébré qui, plus vieux que les mythologies,
Foule la terre. Je le sais – mais quelque chose
Me commande cette aventure indéfinie,
Ancienne, insensée ; et je m'obstine encore
À chercher à travers le temps vaste du soir
L'autre tigre, celui qui n'est pas dans les vers.

Jorge Luis BORGES,
L'Autre Tigre, 1960.
(Trad. Ibarra, Gallimard, 1970.)

Le temps me manque pour exposer mes projets.
J'aurais pourtant beaucoup à dire au sujet des *Heures*, et
de ma découverte : comment je creuse de belles grottes
derrière mes personnages. Je crois que cela donne exactement ce qu'il me faut : humanité, humour, profondeur. Mon idée est de faire communiquer ces grottes
entre elles, et que chacune s'offre au grand jour, le
moment venu.

Virginia WOOLF,
Le Journal d'un écrivain, jeudi 30 août 1923.
(Trad. C.-M. Huet, Stock,
Nouveau Cabinet Cosmopolite.)

PROLOGUE

Elle se hâte hors de la maison, vêtue d'un manteau trop chaud pour la saison. On est en 1941. Une autre guerre vient d'éclater. Elle a laissé une lettre à l'intention de Leonard, et une autre pour Vanessa. Elle se dirige d'un pas décidé vers la rivière, certaine de ce qu'elle va faire, et pourtant, même alors, elle se laisse distraire par la vue des vallons, de l'église, et de quelques moutons épars, incandescents, teintés d'une légère nuance soufrée, qui paissent sous un ciel menaçant. Elle s'immobilise, contemple le ciel et les moutons, puis reprend sa marche. Les voix murmurent derrière elle ; des bombardiers grondent dans le ciel, bien qu'elle cherche en vain à apercevoir les avions. Elle croise un des ouvriers de la ferme (s'appelle-t-il John ?), un homme robuste avec une petite tête, vêtu d'un gilet couleur pomme de terre, en train de nettoyer le fossé qui traverse l'oseraie. Il lève les yeux vers elle, fait un signe, abaisse son regard vers l'eau brune. En passant devant lui tandis qu'elle marche vers la rivière, elle songe au bonheur, à la chance qu'a cet homme de nettoyer un fossé dans une oseraie. Elle, elle a échoué. Elle n'est pas du tout un écrivain, en réalité ; elle n'est qu'une excentrique douée. Des pans de ciel brillent dans les flaques laissées par la pluie de la nuit dernière. Ses chaussures s'enfoncent légèrement dans la terre molle. Elle a échoué, et les voix sont revenues, avec leur murmure indistinct par-delà les confins de sa vision, derrière elle, ici, non, elle se retourne, et elles sont parties ailleurs. Les voix sont revenues, et la migraine s'annonce aussi sûrement que la pluie, la migraine qui la broiera, qui broiera tout ce qu'elle est, et s'installera à sa place. La migraine s'annonce, et il lui semble (serait-ce elle qui les fait surgir ?) que les bombardiers ont réapparu dans le ciel. Elle atteint la berge, monte et redescend vers la rivière. Il y a un pêcheur en amont, loin, il ne la remarquera pas, n'est-ce pas ? Elle se met à la recherche d'une pierre. Elle procède rapidement mais avec méthode, comme si elle suivait une recette qu'il faut exécuter à la lettre pour la réussir. Elle en choisit une qui a vaguement la forme et la taille d'une tête de porc. À l'instant où elle la soulève et l'introduit avec difficulté dans une poche de son manteau (le col de fourrure lui chatouille le cou), elle remarque malgré elle la froide texture crayeuse de la pierre et sa couleur, un brun crémeux constellé de taches vertes. Elle se tient au bord de la rivière qui clapote contre la berge boueuse, remplissant les creux d'une eau claire que l'on dirait entièrement distincte de cette substance ocre tachetée de brun, aussi rigide qu'une chaussée et qui s'étend uniformément d'une rive à l'autre. Elle s'avance. Elle n'ôte pas ses chaussures. L'eau est froide, mais ce n'est pas insupportable. Elle s'arrête, debout dans l'eau jusqu'aux genoux. Elle pense à Leonard. Elle pense à ses mains et à sa barbe, aux sillons profonds autour de sa bouche. Elle pense à Vanessa, aux enfants, à Vita et Ethel : à eux tous. Ils ont tous échoué, n'est-ce pas ? Elle éprouve soudain une tristesse infinie pour eux. Elle s'imagine qu'elle fait demi-tour, retire la pierre de sa poche, regagne la maison. Elle arriverait sans doute à temps pour détruire les lettres. Elle continuerait à vivre ;

elle accomplirait ce dernier acte de bonté. Debout jusqu'aux genoux dans le courant, elle décide de n'en rien faire. Les voix sont là, la migraine est proche, et si elle s'en remet à nouveau aux soins de Leonard et de Vanessa ils ne la laisseront plus repartir, n'est-ce pas ? Elle décide de les forcer à la laisser partir. Elle patauge avec maladresse (le fond est vaseux) jusqu'à ce que l'eau lui arrive à la taille. Elle regarde le pêcheur en amont, qui porte une veste rouge et ne la voit pas. La surface jaune de la rivière (plus jaune que brune vue de si près) reflète un ciel brouillé. Voilà, donc, le dernier moment de vraie perception, un pêcheur en veste rouge et un ciel nuageux qui se reflète dans une eau opaque. Presque involontairement (elle a l'impression que c'est involontaire) elle fait un pas ou trébuche en avant, et la pierre l'entraîne. Pendant un moment, pourtant, il semble ne rien se passer ; que c'est un nouvel échec ; rien de plus que de l'eau froide d'où elle peut aisément sortir à la nage ; mais alors le courant l'enveloppe et l'emporte avec une force soudaine, musculeuse, comme si un homme puissant surgissait du fond, lui saisissait les jambes et les pressait contre son torse. C'est une sensation intime.

Plus d'une heure après, son mari revient du jardin. « Madame est sortie », dit la domestique en tapotant un oreiller défraîchi d'où s'échappe une tempête miniature de duvet. « Elle a dit qu'elle serait de retour bientôt. »

Leonard monte dans le bureau à l'étage pour écouter les nouvelles. Il trouve sur la table une enveloppe bleue, qui lui est adressée. À l'intérieur, une lettre.

Mon chéri,
Je suis en train de sombrer dans la folie à nouveau, j'en suis sûre : je sais que nous n'arriverons pas à bout de ces horribles crises. Et cette

fois je ne guérirai pas. Je recommence à entendre des voix, et n'arrive pas à concentrer mes pensées.

Aussi vais-je faire ce qui semble la meilleure chose à faire. Tu m'as rendue parfaitement heureuse. Tu as été pour moi ce que personne d'autre n'aurait pu être. Je ne crois pas que deux êtres eussent pu connaître si grand bonheur jusqu'à ce que commence cette affreuse maladie. Je ne peux plus lutter davantage, je sais que je gâche ta vie, que sans moi tu pourrais travailler. Et je sais que tu le feras. Tu vois, je n'arrive même pas à écrire correctement. Je n'arrive pas à lire. Ce que je veux dire, c'est que je te dois tout le bonheur de ma vie. Tu t'es montré d'une entière patience avec moi et indiciblement bon. Tout le monde le sait. Si quelqu'un avait pu me sauver, c'eût été toi. Tout m'a quitté excepté la certitude de ta bonté. Je ne veux pas continuer à gâcher plus longtemps ta vie. Je ne crois pas que deux personnes auraient pu être plus heureuses que nous l'avons été.

V.

Leonard s'élance hors de la pièce, se rue en bas de l'escalier. Il dit à la domestique : « Je crois qu'il est arrivé quelque chose à Mrs Woolf. Je crois qu'elle a peut-être tenté de se tuer. Dans quelle direction est-elle partie ? L'avez-vous vue quitter la maison ? »

La domestique, affolée, se met à pleurer. Leonard court en direction de la rivière, passe devant l'église et les moutons, devant l'oseraie. Sur la berge, il ne voit personne, sinon un homme en veste rouge, en train de pêcher.

Elle est emportée par le courant. On dirait qu'elle vole, silhouette irréelle, bras en croix, cheveux ondoyants, le pan de son manteau de fourrure gonflant comme une vague derrière elle. Elle flotte, lourdement, à travers des hampes de lumière brune et granuleuse. Elle ne va pas loin. Ses pieds (elle n'a plus ses chaussures) touchent parfois le fond et soulèvent alors un lent nuage de boue, empli de noirs squelettes de feuilles qui stagnent dans l'eau après son passage. Des rubans d'herbe vert foncé s'accrochent à ses cheveux et à la fourrure de son manteau, et pendant un moment ses yeux sont recouverts d'un épais bandeau d'herbe, qui finit par se défaire et flotte, se tord et se détord pour se tordre à nouveau.

Sa course s'arrête enfin, contre une pile du pont de Southease. Le courant l'assaille, la bouscule, mais elle est fermement maintenue à la base de la solide colonne carrée, le dos tourné vers la rivière, le visage contre la pierre. Elle reste enroulée là, un bras replié contre sa poitrine et l'autre surnageant à la surface, à l'aplomb de sa hanche. Au-dessus, l'eau miroite et se ride. Le ciel s'y reflète en tremblant, blanc et alourdi de nuages, traversé par les flèches noires des corbeaux. Des voitures et des camions passent avec fracas sur le pont. Un petit garçon, à peine âgé de trois ans, accompagné de sa mère, s'arrête près de la rambarde, s'accroupit et glisse entre les barreaux le bâton qu'il tient à la main, le regarde tomber dans l'eau. Sa mère le presse d'avancer mais il veut s'attarder un instant, voir le bâton emporté par le courant.

Ils sont là, par un des premiers jours de la Seconde Guerre mondiale : l'enfant et sa mère sur le pont, le bâton qui vogue à la surface de l'eau, et le corps de Virginia au fond de la rivière, qui semble rêver de la surface, du bâton, de l'enfant et de sa mère, du ciel et des corbeaux. Un camion kaki traverse le pont, chargé de soldats en uniforme qui font des signes au petit garçon en train de jeter son bâton. Il leur répond. Il veut que sa mère le soulève pour mieux regarder les soldats ; pour qu'ils puissent mieux le voir. La scène entière occupe le pont, résonne à travers les pierres et le bois, et pénètre le corps de Virginia. Son visage, pressé de profil contre le pilier, absorbe tout : le camion et les soldats, la mère et l'enfant.

MRS DALLOWAY

Il reste à acheter les fleurs. Clarissa feint d'être exaspérée (encore qu'elle ne déteste pas faire ce genre d'achats), laisse Sally ranger la salle de bains, et sort hâtivement, promettant d'être de retour dans une demi-heure.

C'est à New York. À la fin du XXe siècle.

La porte du vestibule s'ouvre sur une matinée de juin si pure, si belle que Clarissa s'immobilise sur le seuil ainsi qu'elle le ferait au bord d'une piscine, regardant l'eau turquoise lécher la margelle, les mailles liquides du soleil trembler dans les profondeurs bleutées. Et, comme si elle se tenait debout au bord d'une piscine, elle retarde un instant le plongeon, l'étau subit du froid, le choc de l'immersion. New York, avec son vacarme et sa brune et austère décrépitude, son déclin sans fond, prodigue toujours quelques matins d'été comme celui-ci ; des matins imprégnés d'une promesse de renouveau si catégorique qu'on en rirait presque, ainsi qu'on rit d'un personnage de bande dessinée qui endure d'innombrables et horribles tourments dont il émerge chaque fois intact, prêt à en subir d'autres. Juin, à nouveau, avait fait sortir les petites feuilles parfaites sur les arbres de la 10e Rue Ouest poussant dans les carrés de crottes de chien et de vieux papiers. À nouveau, dans la jardinière de la vieille voisine, pleine de géraniums en plastique rouge décoloré fichés dans de la vieille terre, a poussé un maigre pissenlit.

Quelle émotion, quel frisson, d'être en vie par un matin de juin, d'être prospère, presque scandaleusement privilégiée, avec une simple course à faire ! Elle, Clarissa Vaughan, une personne banale (à son âge, à quoi bon le nier ?), a des fleurs à acheter et une réception à préparer. En sortant du vestibule, sa chaussure crisse sur la première marche de pierre brune piquetée de mica. Elle a cinquante-deux ans, exactement cinquante-deux, et jouit d'une belle santé. Elle se sent en tout point aussi en forme qu'elle l'était ce jour-là à Wellfleet, à dix-huit ans, franchissant, pleine d'exubérance, la porte vitrée par un temps comme aujourd'hui, frais et presque douloureusement clair. Des libellules volaient en zigzag dans les roseaux. Il y avait une odeur d'herbe qu'accentuait la résine des sapins. Richard avait surgi derrière elle, posé une main sur son épaule et dit : « Tiens donc, bonjour, Mrs Dalloway. » Le nom de Mrs Dalloway était une idée de Richard – un trait d'esprit qu'il avait lancé au cours d'une soirée trop arrosée au foyer de l'université. Le nom de Vaughan ne lui seyait guère, lui avait-il assuré. Elle devait porter le nom d'une grande figure de la littérature, et, alors qu'elle penchait pour Isabel Archer ou Anna Karenine, Richard avait décrété que Mrs Dalloway était le choix unique et évident. Il y avait l'augure de son prénom, un signe trop manifeste pour être ignoré, et, plus important, la vaste question du destin. Elle, Clarissa, n'était visiblement pas promise à faire un mariage désastreux ni à passer sous les roues d'un train. Son destin était de charmer, de réussir. Bref, ce serait Mrs Dalloway, un point c'est tout. « N'est-ce pas magnifique ? » dit ce matin-là Mrs Dalloway à Richard. Il répondit : « La beauté est une putain, je préfère l'argent. » Il préférait l'esprit. Clarissa, étant la plus jeune, la seule femme, estimait qu'elle pouvait s'accorder une certaine sentimentalité. Si on avait été fin juin, Richard et elle auraient été amants. Un mois plein ou presque se serait écoulé depuis que Richard aurait quitté le lit de Louis (Louis le fantasme paysan, l'incarnation de la sensualité au regard indolent) pour le sien.

« Eh bien, figure-toi que j'apprécie la beauté », avait-elle dit. Elle avait ôté sa main de son épaule, mordu le bout de son index, un peu plus fort qu'elle n'en avait l'intention. Elle avait dix-huit ans, portait un nouveau nom. Elle pouvait agir à sa guise.

Les chaussures de Clarissa font un bruit de papier de verre quand elle descend l'escalier pour aller acheter des fleurs. Pourquoi la perfide simultanéité des bonnes nouvelles concernant Richard (« une voix angoissée, prophétique dans la littérature américaine ») et des mauvaises (« Vous n'avez plus de T4, plus aucune que nous puissions détecter ») ne l'attriste-t-elle pas plus ? Que lui arrive-t-il ? Elle aime Richard, elle pense à lui sans cesse mais, qui sait, peut-être aime-t-elle davantage encore cette journée. Elle aime la 10ᵉ Rue par un matin d'été ordinaire. Elle se sent l'âme d'une veuve libertine, fraîchement teinte en blond platine sous son voile noir, l'œil rivé sur les hommes qui lui paraissent désirables autour du cercueil de son mari. Des trois – Louis, Richard et Clarissa –, Clarissa avait toujours été la plus impitoyable et la plus encline au sentimentalisme. Pendant plus de trente ans, elle a supporté toutes les taquineries à ce propos ; elle a décidé depuis longtemps de ne plus lutter et de céder à l'instinctive volupté de ses réactions qui, selon Richard, peuvent être aussi cruelles et délicieuses que celles d'un enfant précoce et insupportable. Elle sait qu'un poète comme Richard traverserait une pareille matinée en allégeant le texte ; il éliminerait d'un même trait l'éventuelle laideur et la beauté fortuite, chercherait la vérité économique et historique derrière les vieilles façades de brique des maisons, derrière les austères appareillages de pierre de l'église épiscopale, et derrière le mince quadragénaire qui promène son Jack Russell (ils ont désormais envahi la 5e Avenue, ces petits chiens joyeux aux pattes arquées), tandis qu'elle, Clarissa, apprécie simplement et sans raison particulière les maisons, l'église, l'homme et le chien. C'est infantile, elle le sait. Un manque d'acuité. Si elle devait l'exprimer en public (aujourd'hui, à son âge), cet amour singulier la rangerait dans la catégorie des dupes et des simples d'esprit, des chrétiens avec leurs guitares acoustiques, ou des épouses qui ont accepté de rester insignifiantes en échange de leur bien-être. Cet amour aveugle, toutefois, lui paraît parfaitement sérieux, comme si chaque chose dans le monde faisait partie d'une vaste et impénétrable intention et que chaque chose dans le monde possédât sa propre dénomination secrète, un nom que ne peut exprimer le langage, mais qui est simplement la vue et la sensation de la chose en soi. Cette fascination constante et déterminée, c'est son âme, imagine-t-elle (le mot est embarrassant, sentimental, mais quelle autre appellation lui donner ?) ; la partie qui pourrait éventuellement survivre à la mort du corps. Clarissa n'aborde jamais aucune de ces questions avec personne. Elle ne s'épanche ni ne jacasse. Elle s'exclame juste devant les manifestations de la beauté, et même alors elle montre une retenue d'adulte. La beauté est une putain, dit-elle parfois. Je préfère l'argent.

Ce soir, elle donnera sa réception. Elle emplira les pièces de son appartement de mets et de fleurs, de gens influents et spirituels. Elle guidera Richard, veillera à ce qu'il ne se fatigue pas trop, puis elle le conduira uptown pour recevoir son prix.

Les épaules droites, elle attend le changement de feu au coin de la 8e Rue et de la 5e Avenue. La voilà, pense Willie Bass, qui la croise parfois le matin, presque toujours au même endroit. L'ancienne beauté, la vieille hippie, les cheveux toujours longs et insolemment gris, en route pour son circuit matinal en jean et chemise d'homme, des sandales ethniques (Inde ? Amérique centrale ?) aux pieds. Elle a toujours un certain sex-appeal ; une sorte de charme bohème, une allure de magicienne ; et pourtant, ce matin, elle offre une image tragique, si droite dans sa grande chemise et ses chaussures exotiques, résistant à l'attraction de la gravité, tel un mammouth enfoncé jusqu'aux genoux dans le goudron, reprenant son souffle après l'effort, massif et hautain, presque indifférent, feignant de contempler l'herbe tendre qui attend sur l'autre rive bien qu'il se sache condamné à rester là, prisonnier et solitaire, lorsque la nuit tombera et que sortiront les chacals. Elle attend patiemment le feu. Elle a dû être spectaculaire vingt-cinq ans plus tôt ; les hommes ont dû mourir comblés dans ses bras. Willie Bass se vante de savoir déchiffrer l'histoire d'un visage ; comprendre que les vieux d'aujourd'hui ont été jeunes dans le passé. Le feu change et il poursuit son chemin.

Clarissa traverse la 8e Rue. Elle aime, désespérément, le cadavre du poste de télévision abandonné sur le trottoir près d'une chaussure vernie. Elle aime la carriole du marchand ambulant et ses empilements de brocolis, de mangues et de pêches, chacun marqué d'une étiquette qui annonce le prix parmi une abondance de ponctuation : « $1.49 !! » « 3 pour UN dollar !?! », « 50 cents chacun !!!!! ». Plus haut, sous l'Arche, une vieille femme en robe sombre bien coupée a l'air de chanter, postée exactement entre les statues jumelles de George Washington, le guerrier et l'homme politique, chacune avec son visage ravagé par les intempéries. C'est le grouillement et la palpitation de la ville qui vous empoignent ; sa complexité, sa vie jamais interrompue. Vous connaissez l'histoire que l'on raconte à propos de Manhattan, un coin perdu acheté pour un collier de verroterie, cependant, vous êtes intimement convaincu qu'il y a toujours eu une ville ; que si vous creusiez le sous-sol vous y découvririez les ruines d'une autre ville plus ancienne, puis d'une autre et d'une autre encore. Sous le béton et l'herbe du square (elle vient de pénétrer dans le square, où la vieille femme chante, la tête rejetée en arrière) reposent les ossements de ceux qui furent enterrés dans le champ du potier que l'on recouvrit d'un pavage, il y a cent ans, afin d'en faire Washington Square. Clarissa foule les corps des défunts, pendant que des hommes proposent à mi-voix de la drogue (pas à elle) et que trois jeunes Noires en rollers passent tel un éclair et que la vieille femme chante, faux, *iiiiiii*. Clarissa est d'humeur légère et radieuse, elle se réjouit d'avoir de la chance, de jolies chaussures (en solde chez Barney, mais quand même) ; après tout, l'inébranlable misère du parc se trouve ici, perceptible jusque sous son manteau d'herbe et de fleurs ; ici se rassemblent les dealers (vous tueraient-ils si l'occasion s'en présentait ?) et les désaxés, les toxicos et les hallucinés, ces êtres dont la chance, s'ils en ont jamais eu, s'est tarie. Pourtant, elle aime cet aspect violent et indestructible du monde, et elle sait que d'autres l'aiment aussi, pauvres autant que riches, encore que personne ne sache en donner une raison spécifique. Pourquoi, sinon, luttons-nous pour continuer à vivre, malgré les compromissions, malgré les blessures ? Même si nous sommes plus atteints que Richard ; même si nous sommes décharnés, brûlants de plaies, si nous chions dans nos draps ; envers et malgré tout, nous désirons désespérément vivre. C'est sans doute grâce à tout l'ensemble, pense-t-elle. Aux roues qui vibrent sur le béton dans un vacarme assourdissant ; aux gerbes d'écume claire qui jaillissent de la fontaine, tandis que des jeunes gens torse nu lancent un Frisbee et que les marchands ambulants (du Pérou, du Guatemala) laissent échapper de leurs carrioles capitonnées de plaques argentées d'âcres fumées de viande grillée ; aux vieillards avides de soleil sur leurs bancs, qui s'entretiennent à voix basse en secouant la tête ; aux bêlements des klaxons, aux grattements des guitares (ce groupe dépenaillé là-bas, trois garçons et une fille, se peut-il vraiment qu'ils jouent *Eight Miles High* ?) ; aux feuilles qui miroitent sur les arbres ; au chien tacheté qui poursuit des pigeons, à la radio qui joue *Always Love You*, pendant que la femme en robe sombre sous l'Arche chante *iiiiii*.

Elle traverse le terre-plein central, reçoit quelques gouttes d'eau de la fontaine, et voilà qu'arrive Walter Hardy, musclé dans son short et son débardeur blanc, parcourant Washington Square Park de sa foulée souple et athlétique. « Salut, Clare », l'interpelle Walter d'une voix sportive, et, l'espace d'un instant, ils se demandent avec gêne comment s'embrasser. Walter dirige ses lèvres vers celles de Clarissa qui d'instinct détourne sa bouche, lui offrant sa joue à la place. Puis elle se reprend et lui fait face une demi-seconde trop tard, si bien que les lèvres de Walter effleurent à peine le coin de sa bouche. Je suis tellement collet monté, se reproche Clarissa ; une vraie grand-mère. Je me pâme devant les beautés du monde, mais je répugne, par pur réflexe, à embrasser un ami sur la bouche. Richard lui a dit, il y a trente ans, que sous le vernis de la femme-pirate couvaient tous les ingrédients d'une bonne épouse de banlieue chic, et aujourd'hui se révèle à ses propres yeux son esprit étriqué et trop conventionnel, cause de tant de souffrances. Comment s'étonner de l'hostilité de sa fille à son égard ?

« Content de te rencontrer », fait Walter. Clarissa sait – elle voit pour ainsi dire – que Walter, à cet instant même, se livre mentalement à une série d'appréciations complexes la concernant. Bien sûr, c'est elle la femme du livre, l'héroïne d'un roman dont on attendait beaucoup d'un auteur presque légendaire, mais le livre n'a pas eu le succès escompté, n'est-ce pas ? Il a été boudé par la critique ; il s'est noyé silencieusement dans l'indifférence. Elle ressemble, décide Walter, à une aristocrate déchue, intéressante sans avoir d'importance particulière. Elle le voit arriver à sa conclusion ; elle sourit.

« Que fais-tu à New York un samedi ? demande-t-elle.

— Evan et moi sommes restés en ville, ce week-end, dit-il. Il se sent beaucoup mieux grâce à ce nouveau cocktail, il a envie d'aller danser, ce soir.

— N'est-ce pas un peu exagéré ?

— Je le surveillerai. Je l'empêcherai d'en faire trop. Il veut juste se retrouver dans le monde.

— Crois-tu qu'il aimerait venir à la maison, ce soir ? Nous donnons une petite réception pour Richard, pour fêter son prix Carrouthers.

— Oh ! Merveilleux.

— Tu en as entendu parler, j'imagine ?

— Bien sûr.

— Ce n'est pas un de ces machins annuels. Ils n'ont pas de quota à remplir, comme le Nobel et les autres. Ils l'attribuent simplement lorsqu'ils remarquent quelqu'un dont la carrière leur semble sans conteste importante.

— C'est formidable.

— Oui. » Elle ajoute, après un moment : « Le dernier à l'avoir reçu est Ashbery. Et, avant lui, Merrill, Rich et Merwin. »

Une ombre passe sur le large visage candide de Walter. Clarissa se demande : Est-il déconcerté par ces noms ? À moins, à moins qu'il ne soit jaloux ? Imagine-t-il qu'il aurait pu prétendre à une pareille récompense ?

« Je regrette de ne pas t'avoir parlé plus tôt de cette réception, dit-elle. Je n'ai pas pensé une seconde que vous seriez là. Evan et toi ne restez jamais à New York le samedi. »

Walter dit que bien sûr il viendra, avec Evan s'il se sent en forme, encore qu'Evan, naturellement, puisse préférer économiser ses forces pour aller danser. Richard sera furieux d'apprendre qu'elle a invité Walter, et Sally se rangera de son côté. Clarissa comprend. Rien n'est plus clair que le dédain que manifestent souvent les gens envers Walter Hardy, qui a choisi d'avoir quarante-six ans en Nike et casquette de base-ball ; qui gagne une fortune scandaleuse en écrivant des romans sentimentaux sur l'amour et le malheur de jeunes hommes au corps d'athlète ; qui peut passer ses nuits à danser sur de la house music, aussi béat et infatigable qu'un berger allemand rapportant un morceau de bois. On voit quantité d'hommes comme Walter dans le Village et à Chelsea, des hommes qui prétendent, à trente, quarante ans ou même plus, qu'ils ont toujours été enjoués et confiants, de constitution robuste ; qu'ils n'ont jamais été des enfants bizarres, jamais été injuriés ou méprisés. Richard soutient que les gays éternellement jeunes nuisent davantage à la cause que ceux qui séduisent des petits garçons, eh oui – il est vrai que Walter ne montre jamais une ombre d'ironie ou de cynisme, rien de profond, dans son intérêt pour la renommée et les modes, pour le dernier restaurant branché. Pourtant, c'est justement cette candeur gourmande qui plaît à Clarissa. N'aimons-nous pas les enfants, en partie, parce qu'ils ignorent tout de l'ironie et du cynisme ? Est-ce si épouvantable de la part d'un homme de désirer davantage de jeunesse, de plaisir ? Par ailleurs, Walter n'est pas corrompu ; pas exactement corrompu. Il écrit du mieux qu'il peut – des livres débordants de sentiments et de sacrifices, de courage face à l'adversité – des livres qui apportent certainement un réel réconfort à bien des gens. Son nom apparaît à tout bout de champ sur les invitations à des manifestations de charité et sur les pétitions ; il écrit des prières d'insérer dithyrambiques pour de jeunes écrivains. Il prend soin d'Evan, avec générosité et fidélité. De nos jours, Clarissa en est convaincue, vous jaugez d'abord les gens à leur bonté et à leur dévouement. Vous vous lassez, parfois, du trait d'esprit et de l'intelligence, de la petite démonstration de génie de chacun. Elle continuera d'apprécier l'impudente légèreté de Walter Hardy, même si Sally enrage, et si Richard en est venu à se demander à haute voix si elle, Clarissa, n'est pas plus vaine et stupide qu'il ne le croyait.

« Bon, dit Clarissa. Tu connais notre adresse, n'est-ce pas ? À cinq heures.

— Cinq heures.

— Le plus tôt possible. La cérémonie est à huit heures, et la réception a lieu avant et non après. Richard ne supporte pas les soirées tardives.

— Entendu. Cinq heures. À tout à l'heure. » Walter serre la main de Clarissa et poursuit son pas de deux, exhibition d'une robuste vitalité. C'est une blague cruelle, à dire vrai, d'inviter Walter à la réception de Richard, mais Walter, après tout, est vivant, tout comme l'est Clarissa, en ce matin de juin, et il se sentira horriblement vexé s'il apprend (et il apprend toujours tout) que Clarissa lui a parlé le jour de la soirée et a de manière délibérée évité d'y faire allusion. Le vent agite les feuilles, révèle le vert plus gris et plus brillant de leur envers, et Clarissa aimerait, subitement et avec une curieuse impatience, que Richard soit à ses côtés, là, tout de suite – non pas le Richard tel qu'il est aujourd'hui, mais le Richard d'il y a dix ans ; Richard l'intrépide et intarissable bavard ; Richard la mouche du coche. Elle voudrait tant avoir la dispute que tous deux auraient eue à propos de Walter. Avant son déclin, elle se querellait sans cesse avec lui. Richard, en vérité, s'est toujours préoccupé des notions de bien et de mal, et il n'a jamais, en vingt ans, totalement abandonné l'idée que la décision de Clarissa de vivre avec Sally reflète sinon la manifestation banale d'une profonde corruption, du moins une faiblesse dont sont affligées les femmes en général (quand bien même Richard ne l'admettrait jamais), car il semble avoir décidé dès le début que Clarissa représente l'exemple parfait des qualités et des faiblesses de son sexe. Richard a toujours été le compagnon le plus intransigeant, le plus exaspérant de Clarissa, son meilleur ami, et s'il était encore lui-même, si la maladie l'avait épargné, ils pourraient être ensemble en ce moment, à discuter de Walter Hardy et de sa quête de la jeunesse éternelle, de la façon dont les gays se sont mis à imiter les garçons qui les torturaient au lycée. Le Richard d'autrefois serait capable de discourir pendant une demi-heure ou plus des diverses interprétations possibles de l'inepte copie de la Vénus de Botticelli qu'un jeune Noir dessine à la craie sur le ciment, et si ce Richard-là avait remarqué le sac de plastique emporté par le vent qui vogue dans le ciel blanc, ondulant telle une méduse, il aurait poursuivi sur les produits chimiques et les profits illimités. Il aurait voulu décrire comment le sac (mettons qu'il ait contenu des chips et des bananes trop mûres ; mettons qu'il ait été jeté avec négligence par une mère de famille indigente, harassée, sortant d'un magasin avec son troupeau d'enfants turbulents) va choir dans l'Hudson et flotter jusqu'à l'océan, où pour finir une tortue de mer, un animal qui peut vivre cent ans, le prendra pour une méduse, l'avalera et mourra. Richard n'aurait eu aucun mal à passer sans transition, pour ainsi dire, de ce sujet à celui de Sally ; de s'inquiéter de sa santé et de son bonheur avec une civilité affectée. Il avait coutume de s'enquérir de Sally après l'une de ses tirades, comme si Sally était une sorte de havre fort banal ; comme si Sally elle-même (Sally la stoïque, la torturée, la subtilement sage) était banale et insipide et inoffensive comme peut l'être une maison dans une rue tranquille ou une bonne voiture solide et fiable. Richard n'admettra ni ne surmontera jamais l'antipathie qu'il ressent à son égard, jamais ; il n'abandonnera jamais son intime conviction que Clarissa est devenue, au plus profond d'elle-même, une épouse de la bonne société, et peu importe que Sally et elle ne cherchent pas à dissimuler leur amour en public, ou que Sally soit une femme attentionnée, intelligente, une productrice de la télévision publique – mais alors jusqu'à quel point lui faudrait-il travailler plus et s'impliquer socialement, jusqu'à quel point lui faudrait-il être encore plus dramatiquement mal payée ? Peu importe les livres de qualité, sans aucun doute guère rentables, que Clarissa s'entête à publier en même temps que les romans de gare qui font bouillir la marmite. Peu importe ses engagements politiques, tout son travail avec les malades du sida.

Clarissa traverse Houston Street et se dit qu'elle pourrait chercher un petit souvenir pour Evan, pour fêter l'incertaine amélioration de sa santé. Pas des fleurs ; si les fleurs sont passablement déplacées pour les défunts, elles sont catastrophiques pour les malades. Quoi donc ? Les magasins de SoHo regorgent de vêtements du soir et de bijoux, de Biedermeier ; rien qu'on puisse apporter à un jeune homme impérieux et intelligent qui pourra ou ne pourra pas, avec l'aide d'une batterie de médicaments, dépasser sa durée normale de vie. Que désire chacun d'entre nous ? Clarissa passe devant une boutique et pense qu'elle pourrait acheter une robe à Julia, elle serait fabuleuse dans cette petite robe noire à bretelles digne d'Anna Magnani, mais Julia ne porte pas de robes, elle veut passer sa jeunesse, cette courte période durant laquelle on peut porter n'importe quoi, à déambuler d'un pas lourd en maillot de corps masculin et brodequins de cuir de la taille de parpaings. (Pourquoi sa fille lui parle-t-elle si peu ? Qu'est-il advenu de la bague que Clarissa lui a offerte pour son dix-huitième anniversaire ?) Voilà cette bonne petite librairie au coin de Spring Street. Peut-être Evan aimerait-il un livre. Dans la vitrine, il y a un (juste un seul !) des livres de Clarissa, l'anglais (criminel, d'avoir dû se battre à ce point pour un tirage de dix mille exemplaires, et pis, de penser qu'ils auront de la chance d'en vendre cinq mille), à côté de la saga familiale sud-américaine qu'une plus grosse maison d'édition lui a soufflée, et qui certainement ne rentrera pas dans ses frais, car, pour de mystérieuses raisons, l'ouvrage est respecté mais pas aimé. Il y a la nouvelle biographie de Robert Mapplethorpe, les poèmes de Louise Glück, mais rien ne lui convient. Ils sont tous, à la fois, trop généraux et trop spécifiques. Tu veux lui donner le livre de sa propre vie, le livre qui le situera, lui servira de guide, le fortifiera pour les changements à venir. Tu ne peux pas arriver avec des potins sur des célébrités, n'est-ce pas ? Tu ne peux pas lui apporter l'histoire d'un auteur anglais désabusé, ni les destins de sept sœurs chiliennes, même magnifiquement écrits, et Evan est aussi prêt à lire de la poésie qu'à se lancer dans la peinture sur porcelaine.

Il n'y a rien à attendre de l'univers des objets, et Clarissa craint que l'art, même le plus grand (même les trois volumes de poésie de Richard, et son unique, illisible roman), n'appartienne avec obstination au monde des objets. Devant la vitrine de la librairie, un vieux souvenir lui vient à l'esprit, le battement timide d'une branche d'arbre contre une fenêtre, pendant que, de quelque part ailleurs (en bas ?), une vague musique, la plainte sourde d'un orchestre de jazz, s'élevait d'un phonographe. Ce n'est pas son premier souvenir (celui d'un escargot se déplaçant sur l'arête d'un trottoir) ni même son second (les sandales de paille de sa mère, à moins que les deux ne soient intervertis), mais ce souvenir plus qu'aucun autre lui paraît insistant et profondément, presque surnaturellement consolant. Clarissa aurait séjourné dans une maison du Wisconsin, peut-être ; une des nombreuses maisons louées par ses parents l'été (presque jamais deux fois de suite la même – chacune se révélait affectée de défauts dont sa mère enrichissait son interminable narration, la Piste des Larmes de la Famille Vaughan dans les Vallées du Wisconsin). Clarissa aurait sans doute eu trois ou quatre ans, dans une maison où elle ne retournerait jamais, dont elle ne garderait aucun souvenir, sinon celui-ci, distinct, plus clair que certains événements survenus la veille : une branche frappant doucement contre une fenêtre tandis que s'élevait le son des trompettes ; comme si l'arbre, agité par le vent, avait d'une certaine manière provoqué la musique. Il semble que c'est à ce moment-là qu'elle a commencé à habiter le monde : à comprendre les promesses qu'impliquait un ordre plus vaste que le bonheur humain, bien que renfermant le bonheur humain en même temps que toutes les autres émotions. La branche d'arbre et la musique ont plus d'importance pour elle que tous les livres à la devanture de la librairie. Elle voudrait pour Evan et pour elle un livre qui contiendrait ce qu'évoque cet étrange souvenir. Elle reste à contempler les livres, et son reflet qui se superpose dans la vitre (elle est toujours agréable à regarder, belle désormais plutôt que jolie – quand donc la maigreur et les rides et les lèvres parcheminées de son visage de vieille femme commenceront-elles à apparaître ?), puis elle s'éloigne, regrettant l'exquise petite robe noire qu'elle ne peut acheter pour sa fille parce que Julia est esclave d'une théoricienne homosexuelle et ne porte que des T-shirts et des boots militaires. Vous respectez Mary Krull, elle vous y oblige, à vivre comme elle le fait à la limite de la pauvreté, à aller en prison pour les causes qu'elle défend, à dénoncer avec passion à l'université de New York la lamentable mascarade que l'on nomme les genres, mais elle finit par se comporter en despote moral et intellectuel, à force de démontrer sans répit la légitimité de sa cause en veste de cuir. Vous savez qu'elle se moque de vous, en privé, de vos petits conforts et de vos notions désuètes (elle les juge assurément désuètes) sur l'identité lesbienne. Vous vous lassez d'être traitée en ennemie pour l'unique raison que vous n'êtes plus jeune ; parce que vous vous habillez sans excès. Vous aimeriez crier à Mary Krull que cela ne fait pas grande différence ; vous voudriez qu'elle pénètre dans votre tête pendant quelques jours et ressente les soucis et les chagrins, l'indicible peur. Vous croyez – vous *savez* – que Mary Krull et vous souffrez de la même maladie mortelle, du même malaise de l'âme, et que si les dés avaient été jetés autrement vous auriez pu être amies, mais elle est venue s'emparer de votre fille, voilà la vérité, et vous êtes là dans votre appartement confortable, à la haïr autant que la haïrait n'importe quel père républicain. Le père de Clarissa, charmant au point d'en être transparent, aimait voir les femmes vêtues de petites robes noires. Il se lassait vite ; renonçait au bien-fondé de ses arguments comme il abandonnait souvent la discussion, pour la simple raison qu'il est plus facile d'être d'accord. Un peu plus haut, dans MacDougal, une équipe de cinéma tourne un film parmi l'habituel remue-ménage des caravanes et des camions de matériel, des batteries de lumière blanche. C'est là le monde ordinaire : le tournage d'un film, un jeune Portoricain qui déroule le store d'un restaurant à l'aide d'une perche argentée. C'est le monde, et vous l'habitez, et vous vous en réjouissez. Vous tâchez de vous en réjouir.

Elle pousse la porte de la fleuriste, qui grince toujours un peu, et s'avance, une grande femme bien bâtie, au milieu des bottes de roses et de jacinthes, des bacs moussus plantés de narcisses blancs, des orchidées tremblantes au bout de leur tige. Barbara, qui tient la boutique depuis des années, lui dit bonjour. Après une hésitation, elle lui tend sa joue à embrasser.

« Bonjour », dit Clarissa. Ses lèvres effleurent la peau de Barbara et l'instant est soudain incroyablement parfait. Elle est dans la petite boutique sombre et d'une délicieuse fraîcheur qui ressemble à un temple, empreinte de gravité dans son abondance, ses bouquets de fleurs séchées pendus au plafond et sa panoplie de rubans alignés contre le mur du fond. Il y a eu cette branche qui tapotait contre la fenêtre et une autre aussi, lorsqu'elle était plus âgée, cinq ou six ans peut-être, dans sa chambre, une branche couverte d'un feuillage roux cette fois-ci, et elle se souvient d'avoir repensé avec vénération, même alors, à la première branche, celle qui semblait avoir déclenché la musique en bas dans la maison ; elle se souvient d'avoir aimé la branche d'automne qui lui a rappelé la première, qui frappait à la vitre d'une maison dans laquelle elle ne retournerait jamais, dont elle n'aurait sinon aucun souvenir particulier. À présent, elle est là dans la boutique de fleurs, où les pavots se déploient blancs et abricot sur leurs longues tiges duveteuses. Sa mère, qui gardait une boîte de bonbons à la menthe givrés au fond de son sac à main, pinçait les lèvres et traitait Clarissa de petite folle, avec un ton de gentille admiration.

« Comment allez-vous ? demande Barbara.

— Bien, très bien, dit-elle. Nous donnons une petite réception ce soir. Pour un ami qui vient de recevoir un grand prix littéraire.

— Le Pulitzer ?

— Non, le Carrouthers. »

Barbara a une expression décontenancée, et Clarissa comprend qu'elle lui tient lieu de sourire. Barbara est une femme d'une quarantaine d'années, au teint clair, corpulente, qui est venue à New York dans l'intention d'être chanteuse lyrique. Quelqu'chose dans son visage – la mâchoire carrée ou les yeux sévères, inexpressifs – vous rappelle que les gens avaient essentiellement le même aspect il y a cent ans.

« Nous sommes un peu démunis en ce moment, dit-elle. Il y a eu une cinquantaine de mariages cette semaine.

— Il ne me faut pas grand-chose, dit Clarissa. Quelques bottes d'un peu n'importe quoi. » Sans raison, Clarissa culpabilise de ne pas se sentir plus proche de Barbara, même si elles se connaissent seulement en tant que cliente et vendeuse. Elle achète toutes ses fleurs chez Barbara, et lui a envoyé une carte il y a un an, en apprenant qu'elle craignait d'avoir un cancer du sein. La carrière de Barbara n'a pas suivi le cours qu'elle espérait : elle vit plus ou moins de son salaire (un appartement à loyer modeste, sans doute avec la baignoire dans la cuisine), et elle a échappé au cancer, pour cette fois. Pendant quelques minutes, Mary Krull plane au-dessus des lis et des roses, prête à se montrer consternée par la somme que Clarissa va dépenser.

« Nous avons de très beaux hortensias, dit Barbara.

— Voyons. » Clarissa va dans la chambre froide et choisit les fleurs, que Barbara sort de leurs boîtes et tient, dégoulinantes, dans ses bras. Au XIXᵉ siècle, elle eût été une épouse campagnarde, charmante et banale, insatisfaite, dans un jardin. Clarissa choisit des pivoines et des asphodèles, des roses couleur crème, ne veut pas des hortensias (la culpabilité, la culpabilité, tu ne t'en débarrasseras jamais), et hésite à prendre des iris (les iris ne sont-ils pas un peu... démodés ?) quand une violente explosion se fait entendre dans la rue, dehors.

« Qu'est-ce que c'est ? » dit Barbara.

Clarissa et elle s'approchent de la vitrine.

« Je crois que ce sont les gens du cinéma.

— Probablement. Ils ont tourné dans ce coin pendant toute la matinée.

— Savez-vous quoi ?

— Non. » Et elle se détourne de la vitrine avec une raideur de femme âgée, les bras chargés de fleurs, tout comme son propre fantôme, il y a cent ans, se serait détourné du tintamarre d'une calèche passant par là, remplie d'élégants pique-niqueurs venus d'une ville éloignée. Clarissa reste immobile, à contempler les caravanes et les camions. Soudain, la porte d'une des caravanes s'ouvre, et un visage connu apparaît. C'est un visage de femme, vu de loin, de profil, semblable à une tête de médaille, et si Clarissa ne parvient pas à l'identifier tout de suite (Meryl Streep ? Vanessa Redgrave ?) elle sait sans le moindre doute qu'il s'agit d'une star de cinéma. Elle le voit à son assurance royale, et à l'empressement avec lequel un des machinistes lui explique (sans que Clarissa entende) la source de l'explosion. La tête de la femme se retire vivement, la porte de la caravane se referme, mais elle laisse derrière elle une impression manifeste de reproche vigilant, comme si un ange avait brièvement touché la surface du monde du bout de sa sandale, demandé s'il y avait un problème et, s'étant entendu répondre que tout allait bien, avait repris sa place dans l'éther avec une sévérité empreinte de scepticisme, rappelant aux enfants de la Terre qu'on peut à peine se fier à eux pour s'occuper de leurs propres affaires, et que de nouvelles marques d'inattention ne seront pas tolérées.

MRS WOOLF

Mrs Dalloway dit quelque chose (quoi ?) et partit acheter les fleurs.

C'est un faubourg de Londres. En 1923.

Virginia se réveille. Ce pourrait être une autre façon de commencer, certes ; avec Clarissa qui part faire une course un jour de juin, au lieu des soldats qui vont en rang déposer une couronne à Whitehall. Mais est-ce le bon début ? N'est-ce pas un peu trop banal ? Virginia est allongée au calme dans son lit, et une fois de plus le sommeil la saisit si vite qu'elle ne s'aperçoit même pas qu'elle s'est rendormie. Il semble, soudain, qu'elle ne soit pas dans son lit mais dans un parc ; un parc incroyablement verdoyant, vert au-delà du vert – une vision platonicienne de parc, à la fois accueillant et siège d'un mystère, suggérant comme le font les parcs que, pendant que la vieille dame enveloppée dans son châle somnole sur le banc latté, quelque chose de vivant et d'ancien, quelque chose qui n'est ni bienveillant ni maléfique, triomphant par sa seule permanence, tricote avec patience le monde vert des fermes et des prairies, des forêts et des parcs. Virginia se déplace dans le parc sans marcher réellement ; elle flotte à travers lui, légère comme une perception, désincarnée. Le parc lui révèle ses parterres de lis et de pivoines, ses allées de gravier bordées de roses couleur crème. Une vierge de pierre, polie par les intempéries, se dresse au bord d'un clair bassin et se mire dans l'eau. Virginia parcourt le parc comme si elle était poussée par un coussin d'air ; elle comprend peu à peu qu'un autre parc s'étend sous celui-ci, le parc d'un monde souterrain, plus merveilleux et plus terrible ; c'est la source d'où naissent ces pelouses et ces berceaux de verdure. C'est la véritable essence du parc, et rien n'est aussi beau que sa simplicité. Elle voit des gens, à présent : un Chinois qui se penche afin de ramasser elle ne sait quoi dans l'herbe, une petite fille qui attend. Plus loin, au milieu d'un cercle de terre fraîchement retournée, une femme chante.

Virginia se réveille à nouveau. Elle est ici, dans sa chambre à Hogarth House. Une lumière grise emplit la pièce ; sourde, couleur d'acier ; elle s'épand avec une vie liquide, blanc-gris, sur la courtepointe. Elle argente les murs verts. Elle a rêvé d'un parc et elle a rêvé d'une phrase pour son prochain livre – de quoi s'agissait-il ? De fleurs ; quelque chose à propos de fleurs. Ou concernant un parc ? Quelqu'un en train de chanter ? Non, la phrase s'est volatilisée, et peu importe, vraiment, car elle conserve encore l'impression qu'elle lui a laissée. Elle sait qu'elle peut se lever et écrire.

Elle quitte son lit et va dans la salle de bains. Leonard est déjà debout ; il est peut-être déjà au travail. Dans la salle de bains, elle se lave le visage. Elle ne regarde pas directement dans le miroir ovale accroché au-dessus du lavabo. Elle est consciente des mouvements qui s'y reflètent mais ne s'autorise pas à regarder. Le miroir est dangereux ; il lui montre parfois la sombre figure immatérielle qui correspond à son corps, prend sa forme, mais se tient en retrait, la surveille, avec des yeux porcins et une haleine humide, retenue. Elle se lave le visage et ne regarde pas, certes pas ce matin, pas quand le travail l'attend et qu'elle est impatiente de le retrouver comme elle brûlerait d'aller rejoindre une fête déjà commencée à l'étage en dessous, une fête pleine d'esprit et de beauté bien sûr, mais où règne aussi quelque chose de plus subtil que l'esprit et la beauté ; quelque chose de mystérieux et de précieux ; une étincelle de profonde solennité, de la vie en soi, alors que les soies bruissent sur le parquet poli et que les secrets se chuchotent à couvert de la musique. Elle, Virginia, pourrait être une jeune fille vêtue d'une robe neuve, prête à se rendre à la fête, prête à apparaître en haut de l'escalier, fraîche et débordante d'espoir. Non, elle ne va pas regarder dans le miroir. Elle finit de se laver le visage.

Une fois qu'elle a terminé d'occuper la salle de bains, elle descend dans la calme pénombre matinale du hall. Elle porte sa robe d'intérieur bleu pâle. La nuit s'attarde. Hogarth House est toujours nocturne, malgré son fouillis de journaux et de livres, ses coussins colorés et ses tapis persans. La maison n'est pas sombre en soi, mais semble toujours menacée par l'obscurité, même lorsqu'un faible soleil précoce brille à travers les rideaux et que le roulement des voitures et des calèches ébranle Paradise Road.

Virginia se sert une tasse de café dans la salle à manger, descend en silence l'escalier, mais ne rejoint pas Nelly à la cuisine. Ce matin, elle ira travailler directement sans risquer d'affronter les chicaneries et les reproches de Nelly. La journée s'annonce bonne ; elle mérite d'être traitée avec précaution. Sa tasse en équilibre sur la soucoupe, elle se dirige vers l'imprimerie. Assis à son bureau, Leonard lit des épreuves. Il est encore trop tôt pour Ralph ou Marjorie.

Leonard lève la tête vers elle, et dans son regard s'attarde un instant la sévérité qu'il a apportée à la lecture des épreuves. C'est une expression qui la rassure et l'effraie, l'éclair noir et impénétrable de ses yeux sous les épais sourcils, les coins de sa bouche abaissés dans une moue de sévérité, certes, mais en aucune manière méprisante ni vaine – le regard soucieux d'une divinité méfiante et à laquelle rien n'échappe, qui espère le meilleur de l'humanité et sait exactement à quoi s'attendre. C'est la mine avec laquelle il examine un travail d'écriture, y compris et surtout le sien. Tandis qu'il la regarde, cependant, l'expression disparaît presque aussitôt, remplacée par la physionomie plus aimable, plus bienveillante du mari qui l'a soutenue durant ses pires périodes, qui n'exige pas ce qu'elle ne peut donner et qui la pousse à prendre, parfois avec succès, un verre de lait tous les matins à onze heures.

« Bonjour, dit-elle.

— Bonjour. Comment a été ton sommeil ? »

Comment *a été* ton sommeil, demande-t-il, comme si le sommeil n'était pas une action mais une créature pouvant se montrer docile ou féroce. Virginia répond : « Calme. Ce sont celles de Tom ?

— Oui.

— Comment se présentent-elles ? »

Il se rembrunit à nouveau. « J'ai déjà trouvé une erreur, et je n'en suis qu'à la deuxième page.

— Ça devrait se limiter là. C'est un peu tôt dans la journée pour s'irriter déjà, tu ne crois pas ?

— As-tu pris ton petit déjeuner ? demande-t-il.

— Oui.

— Menteuse.

— Je bois un café au lait pour le petit déjeuner. C'est suffisant.

— C'est loin d'être suffisant. Je vais demander à Nelly de t'apporter un *bun* et des fruits.

— Si tu envoies Nelly m'interrompre, je ne réponds pas de mes actes.

— Il faut que tu manges, dit-il. Ne serait-ce qu'un minimum.

— Je mangerai plus tard. Je vais travailler, maintenant. »

Il hésite, puis hoche la tête à contrecœur. Il ne doit pas, ne veut pas entraver son travail. Toutefois, que Virginia refuse de manger n'est pas de bon augure.

« Tu déjeuneras dans ce cas, dit-il. Un vrai déjeuner, soupe, pudding, et le reste. De force, s'il faut en arriver là.

— Je déjeunerai », dit-elle avec impatience mais sans réelle colère. Elle se dresse de toute sa taille, l'air défait, merveilleuse dans sa robe d'intérieur, son café fumant à la main. Il est encore, parfois, ébloui par elle. Elle est peut-être la femme la plus intelligente de toute l'Angleterre, pense-t-il. Ses livres seront peut-être lus pendant des siècles. Il y croit avec plus d'ardeur que quiconque. Et elle est sa femme. Elle est Virginia Stephen, grande et pâle, bouleversante comme un Rembrandt ou un Vélasquez, celle qui est apparue vingt ans plus tôt dans l'appartement de son frère à Cambridge, toute vêtue de blanc, et elle est Virginia Woolf, qui se tient devant lui à cet instant même. Elle a terriblement vieilli cette année, comme s'il restait moins d'air sous sa peau. Elle est ravinée et usée. On la dirait sculptée dans un marbre poreux, blanc-gris. Elle a toujours une allure majestueuse, une silhouette sublime, elle possède aussi ce merveilleux éclat lunaire, mais brusquement sa beauté s'est éteinte.

« Très bien, dit-il. Je vais poursuivre mon pensum. »

Elle remonte à l'étage furtivement, désireuse de ne pas attirer l'attention de Nelly (pourquoi est-elle si peu confiante à l'égard des domestiques, si coupable de crimes ?). Elle atteint son bureau, referme la porte en douceur. En sécurité. Elle ouvre les rideaux. Dehors, de l'autre côté de la fenêtre, Richmond reste plongé dans son rêve, paisible et convenable. Les fleurs et les haies sont soignées ; les volets repeints avant même d'en avoir besoin. Les voisins, qu'elle ne connaît pas, vaquent à leurs occupations derrière les stores et les volets de leurs villas de brique. Elle ne peut rien imaginer d'autre que des pièces mal éclairées et une vague odeur de brûlé. Elle se détourne de la fenêtre. Si elle parvient à demeurer forte et à garder l'esprit clair, si elle continue à peser au moins soixante kilos, Leonard se laissera convaincre de revenir à Londres. La cure de repos, ces années parmi les parterres de delphiniums et les maisons de banlieue, aura été un succès, et elle sera apte à revivre en ville. Déjeuner, oui ; elle déjeunera. Elle devrait prendre un petit déjeuner mais ne peut supporter l'interruption qui s'ensuivrait, le contact avec l'humeur de Nelly. Elle va écrire pendant une heure environ, puis avaler quelque chose. S'abstenir de manger est un vice, une sorte de drogue – avec l'estomac vide elle se sent rapide et libre, lucide, prête à se battre. Elle boit son café, s'assied, étire les bras. C'est une expérience des plus singulières, de se réveiller avec le sentiment que la journée sera bonne, de s'apprêter à travailler mais sans s'y mettre vraiment. À ce moment, il y a d'infinies possibilités, des heures entières qui s'étendent devant elle. Son esprit bourdonne. Ce matin, elle va peut-être pénétrer l'opacité des choses, les canaux obstrués, atteindre l'or. Elle le perçoit au fond d'elle-même, un autre soi presque indescriptible, ou plutôt un soi parallèle, un second soi plus pur. Si elle était croyante, elle l'appellerait l'âme. C'est une chose qui dépasse la somme de son intelligence et celle de ses émotions, qui dépasse la somme de ses expériences, encore qu'elle les parcoure toutes les trois comme des veines de métal brillant. C'est une faculté interne qui reconnaît les mystères mouvants de l'univers parce qu'elle est faite de la même substance, et lorsque la chance lui sourit elle peut écrire directement grâce à cette faculté. Écrire dans cet état lui apporte la plus intense des satisfactions, mais elle ne sait jamais à quel moment elle pourra y accéder. Elle peut prendre son stylo et laisser sa main suivre sa trace sur le papier ; elle peut prendre son stylo et découvrir qu'elle est simplement elle-même, une femme en robe d'intérieur armée d'un stylo, craintive et indécise, moyennement compétente, ne sachant par où commencer ni quoi écrire.

Elle prend son stylo.

Mrs Dalloway dit qu'elle se chargerait d'acheter les fleurs [1].

---

1. La traduction des passages de *Mrs Dalloway*, de Virginia Woolf, est celle de Marie-Claire Pasquier, Gallimard (Folio Classique), 1994.

MRS BROWN

Mrs Dalloway dit qu'elle se chargerait d'acheter les fleurs.

Car Lucy avait bien assez de pain sur la planche. Il fallait sortir les portes de leurs gonds ; les serveurs de Rumpelmayer allaient arriver. Et quelle matinée, pensa Clarissa Dalloway : toute fraîche, un cadeau pour des enfants sur la plage.

C'est à Los Angeles. En 1949.

Laura Brown essaie de se perdre. Non, ce n'est pas tout à fait exact – elle essaie de rester elle-même en gagnant l'entrée d'un monde parallèle. Elle pose le livre ouvert contre sa poitrine. Déjà sa chambre (non, *leur* chambre) paraît plus habitée, plus réelle, parce qu'un personnage du nom de Mrs Dalloway est sorti acheter des fleurs. Laura jette un coup d'œil au réveil sur la table de nuit. Il est sept heures passées. Comment a-t-elle pu acheter ce réveil, cet objet hideux avec son cadran carré vert inscrit dans un sarcophage rectangulaire de Bakélite noire – comment a-t-elle pu le trouver élégant ? Elle ne devrait pas se laisser aller à lire, pas ce matin entre tous les matins ; pas le jour de l'anniversaire de Dan. Elle devrait être levée, douchée et habillée, en train de s'occuper du petit déjeuner de Dan et de Richie. Elle les entend en bas, son mari qui prépare lui-même son petit déjeuner sert Richie. Elle devrait être en bas, n'est-ce pas ? Elle devrait se tenir devant la cuisinière dans sa robe de chambre neuve, débordante de mots simples et encourageants. Pourtant, quand elle a ouvert les yeux il y a quelques minutes (déjà sept heures passées !) – encore imprégnée de son rêve, une sorte de machine tambourinant en cadence quelque part au loin, un martèlement régulier tel un gigantesque cœur mécanique, qui semblait se rapprocher –, elle a ressenti cette froideur humide autour d'elle, une sensation de néant, et elle a su que la journée serait difficile. Elle a su qu'elle aurait du mal à avoir confiance en elle, chez elle, dans les pièces de sa maison, et lorsqu'elle a regardé ce nouveau livre sur sa table de chevet, posé sur celui qu'elle avait terminé la veille au soir, elle a tendu machinalement la main vers lui, comme si la lecture était la première obligation du jour, unique et évidente, le seul moyen viable de surmonter le passage du sommeil aux tâches obligées. Parce qu'elle est enceinte, on lui accorde ces écarts. Elle a le droit, pour le moment, de lire avec excès, de traîner au lit, de pleurer ou de se mettre en fureur pour un rien.

Elle rachètera son absence au petit déjeuner en confectionnant un superbe gâteau d'anniversaire pour Dan ; en repassant la belle nappe ; en mettant un gros bouquet de fleurs (des roses ?) au centre de la table, et en l'entourant de présents. Ce devrait compenser, n'est-ce pas ?

Elle va lire encore une page. Une page seulement, pour se calmer et se retrouver, puis elle quittera son lit.

La bouffée de plaisir ! Le plongeon ! C'est l'impression que cela lui avait toujours fait lorsque, avec un petit grincement des gonds, qu'elle entendait encore, elle ouvrait d'un coup les portes-fenêtres, à Bourton, et plongeait dans l'air du dehors. Que l'air était frais, qu'il était calme, plus immobile qu'aujourd'hui bien sûr, en début de matinée ; comme une vague qui claque ; comme le baiser d'une vague ; vif, piquant, mais en même temps (pour la jeune fille de dix-huit ans qu'elle était alors) solennel, pour elle qui avait le sentiment, debout devant la porte-fenêtre grande ouverte, que quelque chose de terrible était sur le point de survenir ; elle qui regardait les fleurs, les arbres avec la fumée qui s'en dégageait en spirale, et les corneilles qui s'élevaient, qui retombaient ; restant là à regarder, jusqu'au moment où Peter Walsh avait dit : « Songeuse au milieu des légumes ? » – était-ce bien cela ? – ou n'était-ce pas plutôt « Je préfère les humains aux choux-fleurs » ? Il avait dû dire cela un matin au petit déjeuner alors qu'elle était sortie sur la terrasse. Peter Walsh. Il allait rentrer des Indes, un jour ou l'autre, en juin ou en juillet, elle ne savait plus exactement, car ses lettres étaient d'un ennuyeux… C'est ce qu'il disait qu'on retenait ; ses yeux, son couteau de poche, son sourire, son air bougon, et puis, alors que des milliers de choses avaient disparu à jamais, c'est tellement bizarre, une phrase comme celle-ci à propos de choux.

Elle inspire profondément. C'est si beau. C'est tellement plus que… bon, que presque tout, en réalité. Dans un autre monde, elle aurait passé sa vie entière à lire. Mais c'est le nouveau monde, le monde libéré – on y fait peu de place au désœuvrement. On a tant risqué, tant perdu ; il y a eu tant de morts. Voilà moins de cinq ans, Dan en personne avait été donné pour mort, à Anzio, et lorsqu'on apprit deux jours après qu'il était en vie, en fin de compte (un pauvre garçon d'Arcadie portait le même nom que lui), ce fut comme s'il avait ressuscité. Il semblait être revenu, toujours aimable de caractère, toujours imprégné de la même odeur, du royaume des morts (les histoires que l'on racontait alors à propos de l'Italie, de Saipan et d'Okinawa, des mères japonaises qui tuaient leurs enfants et se tuaient ensuite plutôt que d'être faites prisonnières), et à son retour en Californie il avait eu droit à davantage de considération qu'un héros ordinaire. Il eût pu (à entendre sa mère en émoi) avoir qui il voulait, une des reines du collège, une jeune fille joyeuse et docile, mais, guidé par quelque esprit obscur et probablement pervers, il avait embrassé, courtisé et demandé en mariage la sœur aînée de son meilleur ami, le rat de bibliothèque, celle qui avait un air étranger avec ses yeux noirs rapprochés et son nez busqué, celle que personne n'avait jamais recherchée ni chérie ; que tout le monde avait toujours laissée à l'écart, à lire. Qu'aurait-elle pu dire, sinon oui ? Comment refuser un garçon beau et généreux, presque un membre de la famille, qui était revenu d'entre les morts ?

Aujourd'hui, elle est donc Laura Brown. Laura Zielski, la jeune fille solitaire, la lectrice acharnée, s'en est allée, et Laura Brown l'a remplacée.

Une page, décide-t-elle ; une seule. Elle n'est pas encore prête ; les tâches qui l'attendent (enfiler sa robe de chambre, brosser ses cheveux, descendre à la cuisine) sont encore trop indistinctes, trop insaisissables. Elle va s'offrir une minute supplémentaire, au lit, avant d'entrer dans la journée. Elle va s'octroyer un petit peu de temps en plus. Elle est saisie par une vague d'émotion, une houle, qui gonfle sous son sein et l'emporte, l'entraîne doucement dans son flot, telle une créature marine arrachée du sable où elle s'était échouée – quittant le royaume de la pesanteur, on l'aurait crue rendue à son milieu véritable, à l'eau salée qui enfle et vous aspire, à cette lumineuse apesanteur.

Elle se raidit un peu au bord du trottoir, laissant passer le camion de livraison de Durtnall. Une femme charmante, se dit Scrope Purvis (qui la connaissait comme on connaît, à Westminster, les gens qui habitent la maison d'à côté) ; elle avait quelque chose d'un

oiseau, un geai, bleu-vert, avec une légèreté, une vivacité, bien qu'elle ait plus de cinquante ans, et qu'elle ait
beaucoup blanchi depuis sa maladie. Elle était là,
perchée, sans le voir, très droite, attendant avant de
traverser.

Car lorsqu'on habite Westminster – depuis combien
de temps, en somme, plus de vingt ans ? –, même au
milieu de la circulation, ou lorsqu'on se réveille la nuit,
on ressent, Clarissa en avait l'intime conviction, une
certaine qualité de silence, quelque chose de solennel ;
comme un indéfinissable suspense (mais c'était peut-
être son cœur, dont on disait qu'il avait souffert de la
grippe espagnole) juste avant que ne sonne Big Ben. Et
voilà ! Cela retentit ! D'abord un avertissement,
musical. Puis l'heure, irrévocable. Les cercles de plomb
se dissolvaient dans l'air. Que nous sommes bêtes, se
dit-elle en traversant Victoria Street. Dieu sait seul la
raison pour laquelle nous l'aimons tant, et cette
manière que nous avons de la voir, de la construire
autour de nous, de la bousculer, de la recréer à chaque
instant ; et les mégères informes, les rebuts de l'humanité assis sur le pas des portes (l'alcool ayant causé leur
perte) en font autant ; on ne peut pas régler leur sort par
de simples décrets ou règlements, précisément pour
cette raison : ils aiment la vie. Dans les yeux des gens,
dans leur démarche chaloupée, martelée, ou traînante ;
dans le tumulte et le vacarme ; les attelages, les auto-
mobiles, les omnibus, les camions, les hommes-sand-
wichs qui se frayent un chemin en tanguant ; les
fanfares ; les orgues de Barbarie ; dans le triomphe et
la petite musique et le drôle de bourdonnement là-haut
d'un avion, dans tout cela se trouvait ce qu'elle aimait :
la vie ; Londres ; ce moment de juin.

Comment, se demande Laura, quelqu'un qui a été
capable d'écrire une telle phrase – qui a été capable de
ressentir tout ce que contient une telle phrase – a-t-il pu

se suicider ? Qu'est-ce qui ne va pas chez les gens ? S'armant de détermination, comme si elle s'apprêtait à plonger dans l'eau froide, Laura referme le livre et le pose sur la table de chevet. Elle n'est pas indifférente à son enfant, elle n'a rien contre son mari. Elle va se lever et se montrer joyeuse.

Au moins, pense-t-elle, elle ne lit ni romans policiers ni romans sentimentaux. Au moins continue-t-elle à cultiver son esprit. En ce moment, elle lit Virginia Woolf, tous les livres de Virginia Woolf, l'un après l'autre – elle est fascinée à la pensée d'une telle femme, d'une telle intelligence, d'une telle singularité, habitée d'un chagrin aussi incommensurable ; une femme douée de génie qui néanmoins a lesté sa poche d'une pierre et s'est enfoncée dans la rivière. Elle, Laura, aime imaginer (c'est l'un de ses secrets les mieux gardés) qu'elle possède une trace de cette intelligence, à peine un soupçon, même si elle sait que la plupart des gens se promènent dans la vie avec les mêmes illusions, serrées en leur for intérieur comme de petits poings, jamais divulguées. Elle se demande, tandis qu'elle pousse un Caddie dans les allées du supermarché ou qu'elle se fait coiffer, si les autres femmes n'ont pas toutes plus ou moins la même pensée : La voilà la femme à l'esprit brillant, la femme des grands chagrins, la femme des joies sublimes, qui préférerait être ailleurs, qui a accepté d'exécuter des tâches simples et essentiellement stupides, d'examiner des tomates, de rester sous un séchoir à cheveux, car c'est là que résident son art et son devoir. Parce que la guerre est finie, que le monde a survécu, et que nous sommes ici, toutes ensemble, à prendre soin de nos foyers, à avoir et élever des enfants, ne créant pas uniquement des livres ou des tableaux mais un univers entier – un monde d'ordre et d'harmonie où les enfants sont en sécurité (sinon heureux), où les hommes qui ont vu des horreurs au-delà de l'imaginable, qui se sont comportés avec courage et honneur, reviennent chez eux pour retrouver des fenêtres éclairées, des parfums, des assiettes et des serviettes.

La bouffée de plaisir ! Le plongeon !

Laura sort du lit. C'est un matin blanc, étouffant de juin. Elle entend son mari qui s'affaire en bas. Un couvercle de métal effleure le rebord de la casserole. Elle saisit sa robe de chambre, en chenille vert d'eau, sur le fauteuil fraîchement retapissé, et le fauteuil apparaît, trapu et large, enjuponné, son tissu capitonné saumon retenu par une ganse et des boutons saumon disposés en losange. Dans la chaleur du matin de juin, subitement débarrassé de la robe de chambre, le fauteuil dans son étoffe flambant neuve semble étonné de retrouver son état de fauteuil.

Elle se lave les dents, brosse ses cheveux, et commence à descendre. Elle s'arrête à quelques marches du bas de l'escalier, écoute, attend ; elle est à nouveau saisie (on dirait que cela empire) d'une sensation de rêve, elle a l'impression de se trouver dans les coulisses, près d'entrer en scène et de jouer une pièce pour laquelle elle n'a pas le costume approprié, et qu'elle n'a pas assez répétée. Qu'est-ce qui ne va pas chez elle ? se demande-t-elle. C'est son mari qui est dans la cuisine ; c'est son petit garçon. Tout ce que l'homme et l'enfant attendent d'elle, c'est sa présence et, bien sûr, son amour. Elle surmonte l'envie de remonter doucement à l'étage, de se remettre dans son lit et de lire. Elle domine son irritation en entendant le son de la voix de son mari, qui dit quelque chose à Richie à propos des serviettes (pourquoi sa voix lui rappelle-t-elle par moments le grattement du couteau économe sur une pomme de terre ?). Elle descend les trois dernières marches, franchit la petite entrée, pénètre dans la cuisine.

Elle réfléchit au gâteau qu'elle va confectionner, aux fleurs qu'elle va acheter. Elle imagine des roses entourées de cadeaux.

Son mari a préparé le café, servi des céréales pour lui et pour son fils. Sur la table, une douzaine de roses blanches offrent leur beauté complexe et légèrement menaçante. À travers le verre transparent du vase Laura distingue les bulles, aussi fines que des grains de sable, qui s'accrochent à leurs tiges. À côté des roses, il y a la boîte de céréales et le carton de lait, avec leurs inscriptions et leurs images.

« Bonjour, dit son mari, haussant les sourcils comme s'il était surpris mais ravi de la voir.

— Bon anniversaire, dit-elle.

— Merci.

— Oh, Dan. Des roses. Le jour de *ton* anniversaire. Tu es trop gentil, vraiment. »

Elle voit qu'il se rend compte de son agacement. Elle sourit.

« Tout cela ne voudrait pas dire grand-chose sans toi, tu sais, dit-il.

— Mais tu aurais dû me réveiller. Vraiment. »

Il regarde Richie, hausse encore davantage les sourcils, ce qui a pour effet de plisser son front et d'agiter d'un léger tressaillement ses cheveux d'un noir de jais. « Nous avons jugé préférable de te laisser dormir un peu, n'est-ce pas ? » dit-il.

Richie, qui a trois ans, répond « oui ». Il hoche la tête avec conviction.

Il porte un pyjama bleu. Il est heureux de la voir, et plus qu'heureux : il est sauvé, ressuscité, transporté d'amour. Laura cherche une cigarette dans la poche de sa robe de chambre, change d'avis, porte sa main à ses cheveux. C'est presque parfait, presque suffisant d'être une jeune mère dans une cuisine jaune, qui effleure son épaisse chevelure brune, enceinte d'un autre enfant. Des ombres de feuilles jouent sur les rideaux ; il y a du café.

« B'jour, moustique, dit-elle à Richie.

— Je mange des céréales », dit-il. Il sourit. On dirait qu'il cherche à la séduire. Il est visiblement éperdu d'amour pour elle ; il est tragique et comique dans son amour impossible. Il lui fait penser parfois à une souris qui chante des ballades énamourées sous les fenêtres d'une géante.

« Bon, répond-elle. C'est très bien. »

Il hoche la tête une fois encore, comme s'ils partageaient un secret.

« Mais franchement, dit-elle à son mari.

— Pourquoi aurais-je dû te réveiller ? répond-il. Pourquoi devrais-je t'empêcher de dormir ?

— C'est ton *anniversaire*, dit-elle.

— Tu as besoin de repos. »

Il lui tapote le ventre prudemment mais avec une certaine force comme s'il s'agissait de la coquille d'un œuf à la coque. Rien n'est encore visible ; les seules manifestations sont un état un peu nauséeux et un mystérieux mais perceptible remue-ménage intérieur. Elle et son mari et son fils habitent une maison où personne n'a jamais vécu avant eux. Au-dehors existe un monde où les rayons des magasins sont remplis, les ondes de radio pleines de musique, où des jeunes gens arpentent à nouveau les rues, des hommes qui ont connu des privations et des peurs pires que la mort, qui ont de leur plein gré renoncé à leurs années de jeunesse et qui maintenant, à trente ans et plus, n'ont plus de temps en réserve. Leur entraînement militaire les a conservés en forme. Ils sont sveltes et forts. Ils sont debout au lever du jour, sans une plainte.

« J'aime préparer ton petit déjeuner, dit Laura. Je me sens bien.

— Je suis capable de le préparer. Ce n'est pas parce que je dois me lever à l'aube que tu es obligée d'en faire autant.

— Cela me fait plaisir. »

Le réfrigérateur ronronne. Une abeille se cogne lourdement, avec obstination, contre une vitre. Laura sort son paquet de Pall Mall de la poche de sa robe de chambre. Elle a trois ans de plus que lui (il y a quelque chose d'un peu répréhensible à cela, d'un peu gênant) ; une femme large d'épaules, anguleuse, brune, qui a l'air d'une étrangère, bien que sa famille ait en vain tenté de s'enrichir dans ce pays pendant plus d'un siècle. Elle tire une cigarette du paquet, se ravise, la remet en place.

« Entendu, dit-il. Si tu le souhaites vraiment, demain je te réveillerai à six heures.

— D'accord. »

Elle se verse une tasse du café qu'il a préparé. Elle revient vers lui en tenant la tasse fumante à la main, l'embrasse sur la joue. Il lui donne une tape sur les fesses, affectueuse et distraite. Il ne pense plus à elle. Il pense à la journée qui l'attend, au trajet jusqu'au centre-ville, à la torpeur dorée de Wilshire Boulevard, où tous les stores des magasins sont encore baissés, et où seuls les plus gaillards, de jeunes lève-tôt passionnés comme lui, s'avancent dans la lumière du soleil que n'a pas encore voilé le smog de la journée. Son bureau sera silencieux, les machines à écrire dans la salle des dactylos encore sous leurs housses, et lui ainsi que quelques autres de son âge auront une heure entière ou davantage pour se mettre à jour dans leur paperasse avant que les téléphones ne commencent à retentir. Il lui paraît parfois trop beau d'avoir tout cela : un bureau et une maison neuve avec deux chambres, des responsabilités et des décisions à prendre, de rapides et joyeux déjeuners avec ses collègues.

« Les roses sont magnifiques, lui dit Laura. Comment as-tu fait pour les avoir si tôt ?

— Mrs Gar est à sa boutique dès six heures. J'ai simplement frappé à la vitre jusqu'à ce qu'elle vienne m'ouvrir. » Il consulte sa montre, bien qu'il sache l'heure qu'il est. « Oh ! là, il faut que je parte.

— Passe une bonne journée.

— Toi aussi.

— Bon anniversaire.

— Merci. »

Il se lève. Pendant quelques minutes, ils sont tous absorbés dans le rituel de son départ : son geste pour prendre sa veste et sa serviette ; la petite pluie de baisers ; les signes de la main, ceux qu'il fait par-dessus son épaule en franchissant la pelouse en direction de l'allée du garage, ceux que font Laura et Richie à travers la porte grillagée. Leur pelouse, arrosée à profusion, est d'un vert éclatant, presque surnaturel. Laura et Richie se tiennent comme des spectateurs à un défilé pendant que l'homme manœuvre sa Chevrolet bleu clair métallisé le long de la courte allée avant de s'engager dans la rue. Il fait un dernier signe de la main, désinvolte, depuis sa place derrière le volant.

« Bon », fait-elle, une fois que la voiture a disparu. Son fils la regarde avec adoration, plein d'attente. Elle est le principe moteur, la vie de la maison. Les pièces sont parfois plus grandes qu'elles ne le devraient ; elles contiennent, subitement, des choses qu'il n'y a jamais vues auparavant. Il la contemple, et attend.

« Eh bien », dit-elle.

C'est alors, ici, que survient la transition quotidienne. En présence de son mari, elle est plus nerveuse mais moins effrayée. Elle sait comment se comporter. Seule avec Richie, elle se sent privée de ses amarres – il est si totalement, si persuasivement lui-même. Il veut ce qu'il veut avec une telle avidité. Il pleure pour de mystérieuses raisons, fait d'incompréhensibles demandes, la cajole, la supplie, l'ignore. Il semble, presque toujours, attendre de voir ce qu'elle va faire. Elle sait, ou du moins présume, que les autres mères de jeunes enfants adoptent sans doute un ensemble de règles et, plus précisément, une constante attitude de mère qui les aide à venir à bout des journées qu'elles passent seules avec un enfant. En présence de son mari, elle y parvient. Elle le voit qui la regarde, et sait presque d'instinct comment traiter l'enfant avec fermeté mais gentillesse, avec un détachement maternel qui semble naturel. Seule avec son petit garçon, toutefois, elle ne sait plus quelle conduite observer. Il lui arrive de ne pas se souvenir du comportement que devrait adopter une mère.

« Il faut que tu termines ton petit déjeuner, dit-elle.

— D'accord. »

Ils regagnent la cuisine. Son mari a lavé sa tasse, il l'a essuyée et rangée. L'enfant se met à manger avec une régularité machinale qui tient plus de l'obéissance que de l'appétit. Laura se sert un autre café, s'assied à la table. Elle allume une cigarette.

… dans le triomphe et la petite musique et le drôle de bourdonnement là-haut d'un avion, dans tout cela se trouvait ce qu'elle aimait : la vie ; Londres ; ce moment de juin.

Elle souffle un ample panache de fumée grise. Elle est si lasse. Elle touche son ventre – n'est-ce pas mauvais pour le futur bébé, qu'elle dorme si peu ? Elle n'a pas questionné le médecin à ce sujet ; elle redoute qu'il lui dise de s'arrêter de lire. Elle promet qu'elle lira moins ce soir. Elle s'endormira à minuit, au plus tard.

Elle dit à Richie : « Devine ce que nous allons faire aujourd'hui ? Nous allons faire un gâteau pour l'anniversaire de ton père. Oh, nous avons beaucoup de travail devant nous. »

Il hoche la tête gravement, avec sagesse. Il paraît douter de quelque chose.

Elle poursuit : « Nous allons lui confectionner le meilleur gâteau qu'il ait jamais vu. Le meilleur qui soit. Tu ne trouves pas que c'est une bonne idée ? »

À nouveau, Richie hoche la tête. Il attend la suite.

Laura le regarde à travers la volute sinueuse de la fumée. Elle ne va pas monter dans sa chambre, et retourner à son livre. Elle restera. Elle fera tout ce qu'on attend d'elle, et davantage.

MRS DALLOWAY

Chargée de sa brassée de fleurs, Clarissa se retrouve dehors dans Spring Street. Elle imagine Barbara, qui est restée dans l'obscurité fraîche de l'autre côté de la porte, continuant à vivre dans ce que Clarissa ne peut s'empêcher de considérer comme le passé (et qui tient, d'une certaine manière, à la mélancolie de Barbara, et aux rubans sur le mur du fond) pendant qu'elle-même avance dans le présent, dans tout ce qui l'entoure : le jeune Chinois qui file sur sa bicyclette ; le nombre 281 écrit en lettres d'or sur une vitre sombre ; l'envol des pigeons avec leurs pattes couleur de gomme à crayon (un oiseau était entré par une fenêtre ouverte de sa classe de huitième, déchaîné, terrifiant) ; Spring Street ; et elle est là, avec un énorme bouquet de fleurs. Elle va s'arrêter en chemin chez Richard pour prendre de ses nouvelles (inutile de téléphoner, il ne répond jamais), mais d'abord elle se dirige vers la caravane d'où a surgi le visage célèbre et elle reste là sans trop s'approcher, timide, dans l'expectative. Une petite foule s'est rassemblée, surtout des touristes, et Clarissa se place près de deux jeunes filles aux cheveux teints, l'une en jaune canari, l'autre en blond platine. Clarissa se demande si elles ont voulu délibérément imiter le soleil et la lune.

Soleil dit à Lune : « C'était Meryl Streep, Meryl Streep à coup sûr. »

Clarissa est tout excitée, malgré elle. Elle avait raison. Curieusement, il y a une profonde satisfaction à savoir que votre vision a été partagée par quelqu'un d'autre.

« Pas du tout, dit Lune. C'était Susan Sarandon. »

Ce n'était pas Susan Sarandon, pense Clarissa. Peut-être Vanessa Redgrave, mais en tout cas pas Susan Sarandon.

« Non, dit Soleil. C'était Streep. Crois-moi.

— Ce n'était pas Meryl Streep.

— C'était elle. Merde, je te dis que c'était elle. »

Clarissa reste honteusement là, ses fleurs dans les bras, espérant que la star va se montrer à nouveau, consternée de manifester tant d'intérêt. Elle n'est pas portée au culte des célébrités, pas plus que la plupart des gens, mais, sans le vouloir, elle se sent attirée par l'aura de la renommée – et, davantage que la renommée, par la réelle immortalité – que dégage la présence d'une vedette de cinéma dans une caravane à l'angle de MacDougal et de Spring Street. Ces deux filles près de Clarissa, vingt ans voire moins, insolemment grosses, affalées l'une contre l'autre, chargées de sacs aux couleurs criardes provenant de magasins discount – ces deux filles deviendront adultes puis vieilles, soit desséchées soit bouffies ; les cimetières où elles seront enterrées finiront par tomber en ruine, l'herbe y poussera, foulée la nuit par les chiens ; et lorsque d'elles il ne demeurera plus que quelques plombages enfouis dans le sol, la femme dans la caravane, qu'il s'agisse de Meryl Streep ou de Vanessa Redgrave ou même de Susan Sarandon, sera toujours célèbre. Elle existera dans les archives, dans les livres ; sa voix enregistrée sera conservée parmi d'autres objets précieux et vénérés. Clarissa s'autorise à s'attarder, aussi stupide que n'importe quel fan, quelques minutes encore, dans l'espoir de voir sortir la star. C'est ça, encore quelques petites minutes, avant que l'humiliation ne devienne intolérable. Elle reste devant la caravane, avec ses fleurs. Elle surveille la porte. Plusieurs minutes s'étant écoulées (presque dix, même si elle répugne à l'admettre), elle part brusquement, indignée, comme si on lui avait posé un lapin, et elle remonte les quelques blocs qui la séparent de l'immeuble de Richard.

Ce quartier fut autrefois le centre d'un mouvement nouveau et incontrôlé ; un endroit doté d'une mauvaise réputation ; une partie de la ville où le son des guitares s'échappait des bars et des cafés durant toute la nuit ; où les boutiques de livres et de fripes exhalaient des odeurs qu'elle associait aux senteurs des bazars arabes : l'encens, une poussière lourde de crottin, une essence de bois (camphre ? cèdre ?), une décomposition riche et fertile ; et où il semblait possible, parfaitement possible, qu'en empruntant la mauvaise porte, ou le mauvais passage, vous rencontriez un destin ; pas seulement le risque habituel d'être volé ou agressé mais quelque chose de plus pervers et transformateur, de plus permanent. Ici même, à ce coin de rue, elle s'était trouvée en compagnie de Richard, alors âgé de dix-neuf ans – quand Richard était un jeune homme aux traits fermement dessinés, au regard farouche, un garçon brun plutôt beau, avec un cou incroyablement long, gracieux et pâle –, ils s'étaient arrêtés ici même et s'étaient disputés… à quel propos ? Un baiser ? Richard l'avait-il embrassée, ou avait-elle, elle Clarissa, cru que Richard était sur le point de l'embrasser, et s'était-elle dérobée à son baiser ? Ici, à cet angle de rue (devant ce qui avait été une boutique où les drogués achetaient leurs accessoires et qui est aujourd'hui un delicatessen), ils s'étaient embrassés ou non, ils s'étaient certainement disputés, et ici ou ailleurs, aussitôt après, ils avaient mis un terme à leur petite expérience, car Clarissa tenait à sa liberté et Richard demandait, bon, il en demandait trop, n'était-ce pas toujours le cas avec lui ? Il en voulait trop. Elle lui avait dit que ce qui était arrivé durant l'été n'était rien de plus que cela, quelque chose qui arrive l'été. Pourquoi l'aurait-il désirée, une fille narquoise et inhibée, sans poitrine pour ainsi dire (comment imaginer qu'elle puisse croire en son désir ?), alors qu'il connaissait aussi bien qu'elle ses penchants les plus profonds et qu'il avait Louis, Louis qui le vénérait, robuste, loin d'être sot, un garçon que Michel-Ange aurait eu plaisir à dessiner ? À vrai dire, n'était-ce pas juste une vanité poétique de plus, l'idée que Richard se faisait d'elle ? Leur dispute n'avait été ni importante ni spectaculaire, une simple chamaillerie au coin d'une rue – elle n'avait pas, même alors, entamé le moins du monde leur amitié –, et pourtant rétrospectivement elle lui paraît décisive ; ce pourrait être l'instant où un éventuel futur prit fin, et où un nouveau commença. Ce jour-là, après leur dispute (ou peut-être avant), Clarissa avait acheté un sachet d'encens et une veste d'alpaga grise, d'occasion, avec des boutons d'os sculptés en forme de rose. Richard était finalement parti pour l'Europe avec Louis. Qu'est donc devenue, se demande maintenant Clarissa, cette veste d'alpaga ? Elle a l'impression de l'avoir gardée pendant des années et des années, et tout à coup de ne plus l'avoir.

Elle tourne dans Bleeker Street, remonte Thompson. Le quartier aujourd'hui est une parodie de lui-même, un carnaval édulcoré pour touristes, et, à cinquante-deux ans, Clarissa sait que derrière ces portes et le long de ces ruelles il n'existe rien d'autre que des gens qui vivent leur vie. Détail absurde, certains des mêmes bars et des mêmes coffee shops sont toujours là, rénovés à l'identique à l'intention des Allemands et des Japonais. Les magasins vendent à peu près les mêmes choses : des

T-shirts souvenirs, des bijoux de fantaisie en argent, des vestes de cuir bon marché.

Parvenue devant l'immeuble de Richard, elle franchit la porte du hall et lui vient à l'esprit, comme chaque fois, le mot « sordide ». C'est presque comique de voir à quel point l'entrée de l'immeuble de Richard illustre avec autant de perfection le concept du « sordide ». Elle est si manifestement, si affreusement sordide que Clarissa s'en étonne une fois de plus, même après toutes ces années. Cela la surprend de la même façon qu'un objet rare et remarquable, une œuvre d'art, peut continuer à vous étonner ; pour la simple raison qu'elle demeure, au fil du temps, si purement et entièrement inchangée. Et revoilà, c'est incroyable, les murs de ce beige jaunâtre qui rappelle plus ou moins la couleur d'un biscuit au maranta ; le plafonnier fluorescent qui crachote sa lueur glauque. C'est pis – bien pis – depuis que le petit vestibule étriqué a été rénové à l'économie il y a une dizaine d'années. Il est encore plus déprimant, avec son linoléum crasseux à carreaux blancs et son ficus en plastique, qu'il ne l'était dans sa décrépitude originelle. Seul l'ancien lambris de marbre – un marbre de couleur alezan, veiné de bleu et de gris sur fond jaune brouillé, semblable à un très bon fromage affiné, auquel désormais font hideusement pendants les murs jaunâtres – rappelle que le bâtiment eut jadis un certain prestige ; que des espoirs y furent nourris ; qu'en entrant dans ce hall les gens devaient avoir l'impression de pénétrer avec dignité dans un avenir qui valait la peine d'être vécu.

Elle se glisse dans l'ascenseur, une minuscule cabine à l'éclairage intense et nu, revêtue de panneaux métalliques peints en faux bois, et appuie sur le bouton du cinquième étage. La porte de l'ascenseur soupire et se referme avec un bruit de ferraille. Il ne se passe rien. Bien sûr. Il ne marche que par intermittence ; en vérité, c'est plutôt un soulagement d'y renoncer et d'emprunter l'escalier. Clarissa presse le bouton marqué « O » et, après une timide hésitation, la porte se rouvre avec le même bruit de ferraille. Elle redoute toujours de se retrouver coincée entre deux étages dans cet ascenseur – elle imagine trop bien la longue, interminable attente ; les appels à l'aide aux occupants de l'immeuble qui parlent ou ne parlent pas anglais et qui pourraient ou non se soucier d'intervenir ; la peur étrange, glaçante comme la mort, de rester enfermée là, seule, pendant un temps considérable, dans ce vide brillant à l'odeur de renfermé, à regarder ou non son reflet déformé que renvoie le petit miroir terni fixé dans le coin supérieur droit. Il est préférable, franchement, de trouver l'ascenseur en panne et de monter à pied les cinq étages. Mieux vaut être libre.

Elle gravit les escaliers, elle se sent à la fois fatiguée et fraîche comme une jeune mariée – virginale – avec sa brassée de fleurs. Les marches, écornées, usées en leur milieu, sont faites d'une matière caoutchouteuse inhabituelle, d'un noir crémeux. À chacun des quatre paliers, une fenêtre offre une vue différente de lessive suspendue à des fils : des draps fleuris, des vêtements de bébé, des survêtements ; horriblement neufs et bon marché ; pas du tout le style des lessives d'antan – les chaussettes sombres et les sous-vêtements féminins compliqués, les blouses aux couleurs passées, les chemises d'un blanc lumineux – qui faisaient de la courette quelque chose d'ordinaire mais de merveilleux, échappé d'une autre époque. Sordide, se dit-elle à nouveau. Simplement sordide.

Le couloir de Richard, peint de la même couleur de biscuit au maranta, est carrelé comme il l'était déjà sans doute au début du siècle (au premier étage, le linoléum a mystérieusement disparu) ; sur le sol, bordé d'une mosaïque de fleurs géométriques jaune pâle, traîne un mégot solitaire taché de rouge à lèvres. Clarissa frappe à la porte de Richard, attend, frappe une nouvelle fois.

« Qui est là ?

— C'est moi.

— Qui ?

— Clarissa.

— Oh, Mrs D. Oh, entre ! »

N'est-il pas temps, pense-t-elle, d'abandonner le vieux surnom ? S'il a passé une bonne journée, elle abordera le sujet : Richard, ne crois-tu pas qu'il est temps de m'appeler simplement Clarissa ?

Elle ouvre la porte avec sa clé. Elle entend Richard parler dans l'autre pièce, d'une voix basse, amusée – une voix qui révélerait un secret scandaleux. Elle ne saisit pas ce qu'il dit – elle perçoit le mot « jeter », suivi de son rire étouffé, rauque, un son quelque peu douloureux, comme si quelque chose de pointu s'était pris dans sa gorge.

Bon, se dit Clarissa, c'est encore un de ces jours-là – pas un jour à aborder la question des noms.

Comment pourrait-elle s'empêcher d'en vouloir à Evan et à tous ceux qui ont pu profiter à temps des nouveaux médicaments ; à ces hommes et à ces femmes qui ont eu la chance (« chance » étant, bien entendu, une notion relative) que leurs cerveaux ne soient pas encore transformés en dentelle par le virus. Comment ne pas enrager en songeant à Richard, dont les muscles et les organes ont repris de la vigueur grâce aux nouvelles découvertes, mais dont l'esprit semble réduit à compter les bons jours parmi les mauvais ?

Son appartement est, comme toujours, sombre et renfermé, trop chauffé, envahi du parfum des bâtonnets à la sauge et au genièvre que Richard fait brûler pour masquer l'odeur de la maladie. Il est incroyablement encombré, habité ici et là par un halo blafard et diffus émanant des lampes aux abat-jour marron où Richard ne tolère aucune ampoule plus forte que quinze watts. Il a, plus que tout, un aspect sous-marin. Clarissa s'y dirige comme elle s'orienterait dans la cale d'un navire coulé. Elle ne serait pas surprise outre mesure si un petit banc de poissons argentés surgissait dans la pénombre. Ces pièces ne paraissent en aucune manière appartenir à l'immeuble qui les abrite, et lorsque Clarissa entre et referme derrière elle la lourde porte grinçante, avec ses quatre verrous (dont deux sont cassés), elle a l'impression, toujours la même, d'être entrée dans une distorsion de l'espace – la traversée du miroir, pour ainsi dire ; où le hall d'entrée, la cage d'escalier et le couloir proviendraient d'un autre univers ; d'une autre époque.

« Bonjour, lance-t-elle.

— Est-ce encore le matin ?

— Oui. C'est le matin. »

Richard est dans la seconde pièce. L'appartement n'en contient que deux : la cuisine (par laquelle on entre) et l'autre grande pièce, où se passe la vie de Richard (ce qu'il en reste). Clarissa traverse la cuisine, avec son vieux fourneau et sa grande baignoire blanche (qui luit doucement comme du marbre dans l'obscurité permanente), son imperceptible odeur de gaz et ses relents de vieille cuisson, ses boîtes en carton empilées pleines de… qui sait quoi ?, son miroir ovale dans un cadre doré qui lui renvoie (toujours un petit choc, même s'il est attendu) son pâle reflet. Au cours des années, elle a appris à ignorer le miroir.

Il y a la machine à café italienne qu'elle lui a achetée, tout en chromes et acier noir, qui commence à se fondre dans l'atmosphère générale d'abandon poussiéreux. Et les casseroles en cuivre qu'elle lui a offertes.

Richard, dans l'autre pièce, est assis dans son fauteuil. Les stores sont baissés, et les six ou sept lampes sont allumées, bien que leur faible puissance produise à elles toutes à peine la lumière d'une lampe de bureau

ordinaire. Richard, dans l'angle le plus reculé, enve-
loppé de son absurde robe de chambre en flanelle (une
version pour adulte d'une robe de chambre d'enfant,
d'un bleu d'encre, parsemée de fusées et d'astronautes
casqués), est aussi décharné, aussi majestueux et ridicule qu'une reine noyée encore installée sur son trône.

Il a cessé de chuchoter. Il se tient la tête un peu rejetée
en arrière, les yeux fermés, comme s'il écoutait de la
musique.

« Bonjour, mon chéri », dit à nouveau Clarissa.

Il ouvre les yeux. « Mon Dieu, toutes ces fleurs.

— Elles sont pour toi.

— Suis-je mort ?

— Elles sont pour la réception. Comment va ton mal
de tête, ce matin ?

— Mieux. Merci.

— As-tu dormi ?

— Je ne me souviens plus. Oui. Je crois que oui.
Merci.

— Richard, c'est une belle journée d'été. Que
dirais-tu si je faisais entrer un peu de lumière ?

— Si tu veux. »

Elle se dirige vers la plus proche des trois fenêtres et,
avec difficulté, relève le store de toile plastifiée. Un
semblant de jour – celui qui s'insinue de biais entre
l'immeuble de Richard et son pendant en brique couleur
chocolat à cinq mètres de là – pénètre dans la pièce. De
l'autre côté du passage, il y a la fenêtre d'une vieille
veuve revêche, ses statuettes de verre et de céramique
disposées sur l'appui (un âne qui tire une carriole, un
clown, un écureuil grimaçant) et ses stores à lamelles.
Clarissa se retourne. Le visage de Richard, avec ses
creux et ses plis de chair, son haut front poli et son nez
cassé de bagarreur, paraît sortir de l'obscurité à la
manière d'une sculpture immergée que l'on a hissée à la
surface de l'eau.

« Atrocement clair, dit-il.

— La lumière te fait du bien. »

Elle se rapproche de lui, embrasse la courbe de son front. D'aussi près, elle sent les différentes humeurs de son corps. Ses pores exhalent, outre son odeur de transpiration habituelle (qu'elle a toujours trouvée agréable, une odeur d'amidon et de fermentation ; piquante comme le parfum du vin), celle des médicaments, douceâtre, poudreuse. Il sent également la flanelle mal lavée (bien que la lessive soit faite une fois par semaine, voire plus souvent) et une odeur imperceptible (c'est la seule repoussante), celle du fauteuil dans lequel il passe ses journées.

Le fauteuil de Richard, en particulier, est dément ; ou, plutôt, c'est le fauteuil de quelqu'un qui, s'il n'est pas à proprement parler dément, a laissé les choses aller à la dérive, poussé si loin le renoncement aux soins les plus élémentaires – la simple hygiène, l'alimentation régulière – que la différence entre la démence et le désespoir est ténue. Le fauteuil – un vieux siège carré et ventru, en équilibre sur de maigres pieds de bois blond – est une véritable ruine sans valeur. Il est tapissé d'une étoffe de laine, grumeleuse et incolore, brochée (et c'est sans doute là son aspect le plus sinistre) de fils d'argent. Les accoudoirs et le dossier carré sont tellement usés, tellement noircis par les frictions et les sécrétions humaines qu'ils ressemblent aux parties les plus tendres d'une peau d'éléphant. Les ressorts sont visibles – des rangs réguliers d'anneaux rouillés – à travers le coussin du siège et la mince serviette jaune que Richard a jetée par-dessus. Le fauteuil dégage à jamais une odeur fétide d'humidité et de malpropreté ; une odeur d'irréversible décomposition. Si on s'en débarrassait sur le trottoir (*quand* on s'en débarrassera sur le trottoir), personne n'en voudrait. Richard s'entête, refuse de le remplacer.

« Est-ce qu'ils se sont manifestés aujourd'hui ? demande Clarissa.

— Non, répond Richard, avec la franchise réticente d'un enfant. Ils sont partis. Ils sont magnifiques et terribles.

— Oui. Je sais.

— Ils me font penser à des fusions de feu noir, je veux dire qu'ils sont à la fois sombres et brillants. Il y en avait un qui ressemblait un peu à une méduse noire électrique. Ils chantaient, juste à l'instant, dans une langue étrangère. C'était peut-être du grec. Du grec ancien.

— Est-ce que tu en as peur ?

— Non. Enfin, parfois.

— Je crois que je vais suggérer à Bing d'augmenter ta dose, qu'en penses-tu ? »

Il a un soupir las. « Le fait qu'il m'arrive de ne pas les entendre ou de ne pas les voir ne signifie pas qu'ils sont partis, dit-il.

— Mais si tu ne les entends pas et si tu ne les vois pas, poursuit Clarissa, tu peux te reposer. Dis-moi, tu n'as pas fermé l'œil de la nuit, n'est-ce pas ?

— Oh si, un peu. Ce n'est pas mon sommeil qui m'intéresse. Je m'inquiète bien davantage pour toi. Tu parais si maigre aujourd'hui, comment te sens-tu ?

— *Moi*, je vais très bien. Je ne peux rester qu'une minute. Il faut que j'aille mettre les fleurs dans l'eau.

— Bon, bon. Les fleurs, la soirée. Oh, là, là !

— J'ai vu une vedette de cinéma en venant ici, dit Clarissa. C'est probablement un bon présage, tu ne crois pas ? »

Richard sourit, mélancolique. « Oh, tu sais, les présages…, dit-il. Tu crois aux présages ? Tu crois que nous avons droit à une telle attention ? Que l'on se soucie de nous à ce point ? Mon Dieu, ne serait-ce pas magnifique ? Bon, tu as peut-être raison… »

66

Il ne demande pas le nom de la vedette de cinéma ; il s'en fiche, à vrai dire. Parmi les relations de Clarissa, Richard est le seul à ne pas montrer d'intérêt pour les célébrités. Il n'attache sincèrement aucune importance à ces distinctions. C'est chez lui, pense Clarissa, la combinaison d'un ego monumental et d'une forme d'intellectualisme. Richard n'imagine pas de vie plus digne d'intérêt ou de sens que celle de ses amis ou de lui-même, et pour cette raison vous vous sentez souvent exalté, grandi en sa présence. Il n'est pas l'un de ces égotistes qui rapetissent les autres. C'est un égotiste de l'espèce opposée, animé par un souci de grandeur plutôt que par l'avidité, et s'il s'obstine à vous voir plus drôle, plus étrange, plus excentrique et profond que vous ne croyez l'être – capable de faire plus de bien et de mal dans le monde que vous ne l'avez jamais imaginé –, il est presque impossible de ne pas être convaincu, du moins en sa présence et pendant un moment après l'avoir quitté, que lui seul sait discerner l'essence de votre être, évaluer vos vraies qualités (qui ne sont pas toutes nécessairement flatteuses – une maladresse, une rudesse enfantine font partie de son style), et qu'il vous apprécie avec plus d'intensité que personne d'autre n'a jamais su le faire. Ce n'est qu'en le connaissant depuis un certain temps que vous commencez à réaliser que vous êtes fondamentalement pour lui un personnage de fiction, un personnage qu'il a doté d'aptitudes presque illimitées pour la tragédie et la comédie non parce que c'est là votre vraie nature, mais parce que lui, Richard, a besoin de vivre dans un monde peuplé d'individus exceptionnels. Certains ont mis fin à leur relation avec lui plutôt que de continuer à figurer dans le poème épique qu'il ne cesse de composer en pensée, l'histoire de sa vie et de ses passions ; mais d'autres (Clarissa, par exemple) chérissent le sens de l'hyperbole qu'il introduit dans leur existence, finissent par en dépendre, de même qu'ils ont besoin de café pour se réveiller le matin et d'un verre ou deux pour s'endormir le soir.

Clarissa dit : « Les superstitions sont un réconfort, parfois. Je me demande pourquoi tu refuses avec une telle obstination tout réconfort.

— Tu crois ? Ce n'est pas intentionnel de ma part. J'aime les réconforts. Quelques-uns. Il en est que j'aime vraiment.

— Comment te sens-tu ?

— Bien. Tout à fait bien. Un peu éphémère. Je rêve sans cesse que je suis assis dans une pièce.

— La réception est à cinq heures, tu n'as pas oublié, hein ? La réception est à cinq heures, et la cérémonie aura lieu ensuite, à huit heures, uptown. Tu t'en souviens, n'est-ce pas ? »

Il dit : « Oui. »

Puis : « Non.

— Oui ou non ? demande-t-elle.

— Navré. J'ai toujours l'impression que les choses sont déjà survenues. Quand tu m'as demandé si je n'avais pas oublié la réception et la cérémonie, j'ai cru que tu voulais savoir si je me souvenais d'y avoir assisté. Et je m'en souvenais. C'est à croire que j'ai perdu le sens du temps.

— La réception et la cérémonie ont lieu ce soir. Dans le futur.

— Je comprends. Je comprends plus ou moins. Mais, vois-tu, j'ai l'impression d'être parti dans le futur, moi aussi. J'ai un souvenir précis de la soirée qui n'a pas encore eu lieu. Je me souviens parfaitement de la remise du prix.

— Est-ce qu'on t'a apporté ton petit déjeuner ce matin ? demande-t-elle.

— Quelle question ! Bien sûr.

— Et tu l'as pris ?

— Je me rappelle l'avoir pris. Mais il est possible que j'en aie eu seulement l'intention. Y a-t-il un petit déjeuner qui traîne dans un coin ?

— Pas à première vue.

— Alors, je suppose que je me suis débrouillé pour le prendre. La nourriture importe guère, tu sais.

— La nourriture a beaucoup d'importance, Richard. »

Il dit : « Je ne sais pas si je le supporterai, Clarissa.

— Supporter quoi ?

— De faire le fier et le brave devant toute l'assistance. Je vois la scène. Je suis là, une épave malade et détraquée, tendant ses mains tremblantes pour recevoir son petit trophée.

— Mon chéri, tu n'as pas besoin d'être fier. Tu n'as pas besoin d'être brave. Ce n'est pas un spectacle.

— Bien sûr que si. J'ai obtenu un prix pour le spectacle que je donne, il faut que tu le saches. J'ai eu un prix pour avoir contracté le sida, être devenu cinglé, et l'avoir encaissé avec courage, cela n'a rien à voir avec mon travail.

— Arrête. Je t'en prie. Cela a tout à voir avec ton travail. »

Richard inspire puis exhale une haleine humide, forte. Clarissa se représente ses poumons, des coussins d'un rouge brillant brodés d'un réseau compliqué de veines. Ils sont, diaboliquement, parmi les moins détériorés de ses organes – pour des raisons inexplicables, ils sont restés à l'abri des atteintes du virus. Avec cette puissante respiration, son regard semble se concentrer, gagner une plus grande profondeur.

« Tu ne crois pas qu'ils me l'auraient donné si j'étais en bonne santé, tout de même ?

— Si, à dire vrai, je le crois.

— Allons.

— Bon, dans ce cas, peut-être devrais-tu le refuser.

— C'est ce qu'il y a d'affreux, dit Richard. J'ai envie de ce prix. Vraiment. Tout serait beaucoup plus facile si l'on se fichait plus ou moins des prix. Est-ce qu'il est ici ?

— Qui ?

— Le prix. J'aimerais y jeter un coup d'œil.

— Tu ne l'as pas encore. C'est ce soir.

— Oui, c'est vrai. Ce soir.

— Richard, chéri, écoute-moi. Ce n'est pas obligatoirement compliqué. Tu peux trouver un plaisir simple et honnête dans tout ça. Je resterai avec toi, tout le temps.

— Ce serait gentil.

— C'est une petite réception. Rien de plus. N'y assisteront que des gens qui te respectent et qui t'admirent.

— Vraiment ? Qui donc ?

— Tu sais qui. Howard. Elisa. Martin Campo.

— Martin Campo ? Dieu du ciel !

— Je croyais que tu l'aimais. C'est ce que tu m'as toujours dit.

— Oh, d'accord, je suppose que le lion aime le gardien du zoo, lui aussi.

— Martin Campo t'a publié avec constance pendant plus de trente ans.

— Qui d'autre y aura-t-il ?

— Nous en avons parlé et reparlé. Tu sais qui doit venir.

— Cite-moi encore un nom, veux-tu ? Dis-moi le nom de quelqu'un d'héroïque.

— Martin Campo est héroïque, non ? Il a consacré toute sa fortune familiale à publier des livres importants, difficiles, dont il sait qu'ils ne se vendront pas. »

Richard ferme les yeux, repose sa tête émaciée contre le renflement usé, graisseux du fauteuil. « C'est très bien, dans ce cas.

— Tu n'as pas besoin de charmer ni de distraire. Tu n'as pas à jouer un rôle. Ces gens croient en toi depuis très, très longtemps. Tout ce que tu as à faire, c'est d'apparaître, de t'asseoir sur le canapé avec ou sans un verre à la main, d'écouter ou de ne pas écouter, de sourire ou de ne pas sourire. C'est tout. Je veillerai sur toi. »

Elle aimerait le prendre par ses épaules décharnées et le secouer, violemment. Richard est sans doute (même si l'on hésite à raisonner en ces termes) sur le point d'être intronisé ; en ces derniers jours de sa carrière sur terre, peut-être reçoit-il les premiers signes d'une reconnaissance qui s'étendra loin dans le futur (à supposer, bien sûr, qu'il existe un futur quelconque). Un prix tel que celui-ci signifie davantage que l'intérêt montré par une assemblée de poètes et d'universitaires ; il signifie que la littérature elle-même (dont l'avenir prend forme en ce moment précis) dit avoir besoin de la contribution particulière de Richard : de ses lamentations agressives, prolixes sur des mondes qui s'évanouissent ou ont à jamais disparu. Encore que rien ne le garantisse, il est possible, et même plus que possible, que Clarissa et quelques autres aient eu raison dès le début. Richard l'obstiné, le désenchanté, le scrutateur, Richard qui observait si minutieusement, si longuement, qui voulait briser l'atome avec des mots, survivra après que d'autres noms, plus à la mode, auront été oubliés.

Et Clarissa, la plus vieille amie de Richard, sa première lectrice – Clarissa qui le voit tous les jours, quand certains de ses amis les plus récents imaginent qu'il est déjà mort –, organise pour lui une réception. Clarissa remplit sa maison de fleurs et de bougies. Comment ne désirerait-elle pas qu'il vienne ?

Richard dit : « En réalité, on n'a pas besoin de moi, n'est-ce pas ? La soirée peut avoir lieu si je ne suis là qu'en imagination. Elle a déjà eu lieu, en fait, avec ou sans moi.

— Maintenant, tu deviens impossible. Je vais bientôt perdre patience.

— Non, je t'en prie, ne te fâche pas. Oh, Mrs D., la vérité est que je suis gêné d'aller à cette soirée. Je suis un tel fiasco.

— Ne parle pas comme ça.

— Tu es gentille, trop gentille, mais j'ai peur d'avoir tout raté, voilà. C'était trop pour moi. Je me suis cru plus important que je ne l'étais vraiment. Puis-je te confier un secret embarrassant ? Quelque chose que je n'ai jamais révélé à personne ?

— Bien sûr.

— Je me prenais pour un génie. J'ai réellement utilisé le mot, in petto, pour moi seul.

— Eh bien…

— Oh, vanité, vanité. Je me trompais. C'était au-dessus de mes moyens. La tâche était tout simplement insurmontable. C'était trop, beaucoup trop pour moi. Je veux dire, il y a le temps qu'il fait, il y a l'eau et la terre, il y a les animaux, et les maisons, et le passé et le futur, il y a l'espace, il y a l'histoire. Il y a ce fil ou je ne sais quoi qui s'est pris entre mes dents, il y a la vieille de l'autre côté de l'impasse, as-tu remarqué qu'elle a déplacé l'âne et l'écureuil sur le rebord de sa fenêtre ? Et, naturellement, il y a le temps. Et le lieu. Et il y a toi, Mrs D. Je voulais écrire une partie d'une partie de toi. Oh, j'aurais tant aimé y parvenir.

— Richard. Tu as écrit un livre entier.

— Mais il y manque tout, presque tout. Et je me suis enlisé dans une fin effroyable. Oh, je ne cherche pas d'excuses, non. On désire toujours tant, n'est-ce pas ?

— Oui, je suppose que oui.

— Tu m'as embrassé au bord d'un étang.

— Il y a dix mille ans.

— Cela continue encore.

— Oui, en un sens.

— Dans la réalité. Cela se passe dans ce présent-là. Et dans ce présent-ci.

— Tu es fatigué, mon chou. Il faut te reposer. Je vais appeler Bing pour ton médicament, d'accord ?

— Oh, je ne peux pas, je ne peux pas me reposer. Viens ici, viens plus près, veux-tu, s'il te plaît ?

— Je suis là.

— Plus près. Prends ma main. »

Clarissa prend la main de Richard dans les siennes. Elle s'étonne, encore maintenant, de sa fragilité – on dirait une poignée de brindilles.

Il dit : « Et nous voilà. N'est-ce pas ?

— Pardon ?

— Nous avons un certain âge et nous sommes de jeunes amants au bord d'un étang. Nous sommes les deux en même temps, tout à la fois. N'est-ce pas extraordinaire ?

— Si.

— Je n'ai aucun regret, en vérité, sauf celui-ci. Je voulais écrire sur toi, sur nous, en fait. Comprends-tu ? Je voulais écrire sur tout, la vie que nous avons et la vie que nous aurions pu avoir. Je voulais écrire sur toutes les façons dont nous pourrions mourir.

— Ne regrette rien, Richard, dit Clarissa. Tu ne dois pas, tu as tant fait.

— Tu es gentille de dire ça.

— Ce dont tu as besoin maintenant, c'est un petit somme.

— Tu crois ?

— Absolument.

— Bon, entendu. »

Elle dit : « Je reviendrai pour t'aider à t'habiller. À trois heures et demie, d'accord ?

— C'est toujours un plaisir de te voir, Mrs Dalloway.

— Je m'en vais. Il faut que je mette les fleurs dans l'eau.

— Oui. Bien sûr, oui. »

Elle effleure son épaule maigre du bout des doigts. Comment peut-elle éprouver du regret ? Comment peut-elle imaginer, même en ce moment, qu'ils auraient pu vivre ensemble ? Ils auraient pu être mari et femme, deux âmes sœurs, avec des amants par-ci, par-là. On peut toujours s'arranger.

Richard était autrefois vigoureux, grand, musclé, radieux et pâle comme du lait. Il arpentait New York vêtu d'une vieille vareuse, parlait avec animation, sa crinière brune impatiemment retenue en arrière par un morceau de ruban bleu dégoté quelque part.

Clarissa dit : « J'ai fait ma terrine de crabe. Non que j'imagine pouvoir t'allécher avec ça.

— Oh, tu sais combien j'aime ta terrine de crabe. Ça change tout, bien sûr. Clarissa ?

— Oui ? »

Il lève sa tête massive, ravagée. Clarissa tourne son visage de côté et reçoit le baiser de Richard sur la joue. Il est préférable de ne pas l'embrasser sur la bouche – un simple rhume serait un désastre pour lui. Clarissa reçoit donc le baiser sur la joue, presse la mince épaule de Richard.

« Je reviens à trois heures et demie, dit-elle.

— Merveilleux, fait Richard. Merveilleux. »

MRS WOOLF

Elle regarde le réveil sur la table. Presque deux heures se sont écoulées. Elle se sent toujours forte, sachant pourtant que demain elle relira peut-être son travail d'aujourd'hui et le trouvera sans matière, creux. On a en permanence en soi un meilleur livre que ce que l'on parvient à coucher sur le papier. Elle boit une gorgée de café froid et prend le temps de lire ce qu'elle a écrit jusque-là.

Cela s'annonce plutôt bien ; à dire vrai, certaines parties sont très bonnes. Elle a d'immenses espoirs, bien sûr – elle veut que ce soit son meilleur livre, celui qui répondra enfin à ses attentes. Mais une seule journée dans la vie d'une femme ordinaire suffit-elle pour faire un livre ? Virginia tapote ses lèvres de son pouce. Clarissa Dalloway mourra, elle en est certaine, encore qu'à ce stade il soit impossible de dire comment ni même précisément pourquoi. Elle va, réfléchit Virginia, se suicider. Oui, c'est ce qu'elle fera.

Virginia repose son stylo. Elle voudrait pouvoir écrire toute la journée, remplir trente pages au lieu de trois, mais au bout des premières heures quelque chose en elle vacille, et elle craint, si elle se force à dépasser ses limites, de compromettre son projet tout entier. De le laisser divaguer dans une zone d'incohérence dont il pourrait ne jamais revenir. Par ailleurs, elle répugne à passer une seule de ses heures de lucidité à autre chose qu'écrire. Elle travaille toujours dans la crainte d'une rechute. D'abord viennent les migraines, qui ne sont en aucune manière des douleurs banales (« migraines » lui a toujours paru un terme inapproprié, mais les appeler autrement serait trop mélodramatique). Elles la pénètrent. Elles l'habitent plutôt qu'elles ne l'affligent, comme les virus habitent leurs hôtes. Des filaments douloureux l'envahissent, projettent dans ses yeux des éclats de lumière avec tant d'insistance qu'elle a du mal à croire que les autres ne les voient pas. La douleur la colonise, se substitue de plus en plus à elle, Virginia, et son avancée est si irrésistible, ses contours déchiquetés si perceptibles, qu'elle l'imagine aisément comme une entité ayant une vie propre. Elle pourrait la voir tandis qu'elle marche au côté de Leonard dans le parc, une masse scintillante couleur d'argent qui flotte au-dessus des pavés, hérissée de pointes, fluide et compacte telle une méduse. « Qu'est-ce que c'est ? » demanderait Leonard. « C'est ma migraine, répondrait-elle. N'y prête pas attention. »

La migraine est là, à l'affût, et les périodes de liberté, même longues, paraissent toujours précaires. Parfois, la migraine ne s'empare d'elle que momentanément, pour un soir, ou un jour ou deux, puis se retire. Parfois, elle persiste et s'intensifie jusqu'à ce que Virginia s'écroule. Dans ces moments-là, la migraine sort de son crâne et pénètre le monde autour d'elle. Tout est flammes et pulsions. Tout est empoisonné d'une clarté aveuglante, lancinante, et elle appelle la nuit de ses vœux comme un voyageur perdu dans le désert implore le ciel pour trouver de l'eau. Le monde est tout aussi dépourvu d'obscurité que le désert est privé d'eau. Il n'y a pas d'obscurité dans la pièce aux volets fermés, pas d'obscurité derrière ses paupières. Il n'y a que des degrés plus ou moins aigus de brillance. Une fois qu'elle est entrée dans cet univers de lumière implacable, les voix se font entendre. Tantôt elles sont ténues, des marmonnements désincarnés qui prennent naissance dans l'air même ; tantôt elles émanent de derrière le mobilier ou de l'intérieur des murs. Elles sont indistinctes mais pleines de signification, sans conteste masculines, outrageusement vieilles. Elles sont agressives, accusatrices, désabusées. Elles semblent quelquefois tenir une conversation, murmurer entre elles ; ou réciter un texte. Il arrive que Virginia distingue, faiblement, un mot, « jeter », une fois, et « sous », à deux occasions. Un jour, un vol de moineaux au-dehors s'est mis à chanter, indiscutablement en grec. Cet état la rend si malheureuse ; elle est alors capable de hurler contre Leonard ou le premier qui s'approche (crachant des étincelles, comme un diable) ; et pourtant ce même état en se prolongeant finit par l'envelopper, heure après heure, telle une chrysalide. Finalement, lorsqu'un laps de temps suffisant s'est écoulé, elle émerge exsangue, frissonnante, mais pleine de clairvoyance et prête, une fois reposée, à se remettre au travail. Elle redoute ses accès de douleur et de lumière, et les soupçonne d'être nécessaires. Il y a longtemps qu'elle n'en a pas souffert, des années. Elle sait avec quelle soudaineté la migraine peut réapparaître, cependant elle en fait peu de cas en présence de Leonard, feint parfois d'être en meilleure santé qu'elle ne l'est en réalité. Elle va rentrer à Londres. Mieux vaut mourir folle à lier à Londres que s'évaporer à Richmond.

Elle décide, non sans hésitation, qu'elle en a terminé pour aujourd'hui. Toujours ces mêmes doutes. Devrait-elle continuer une heure de plus ? Se montre-t-elle avisée, ou fainéante ? Avisée, décrète-t-elle, et elle le croit presque. Elle a ses deux cent cinquante mots, plus ou moins. Décidons que c'est assez. Persuade-toi que tu seras là demain, à nouveau, inchangée à tes yeux.

Elle prend sa tasse, sort de la pièce et descend l'escalier afin de se rendre à l'imprimerie, où Ralph lit les épreuves au fur et à mesure que Leonard les termine.

« Bonjour », dit Ralph à Virginia d'une voix vive et fébrile. Son beau visage large et placide est rougi, son front littéralement enflammé, et elle comprend sur-le-champ que pour lui ce n'est pas du tout un bon jour. Leonard a dû rouspéter en constatant une quelconque étourderie, de fraîche date ou remontant à la veille, et maintenant Ralph lit les épreuves et dit « Bonjour » avec la ferveur précipitée d'un enfant réprimandé.

« Bonjour », répond-elle, d'un ton cordial, prudent, indifférent. Ces jeunes gens, hommes ou femmes, ces assistants, ne feront que passer ; déjà Marjorie (avec son affreux accent traînant, et où est-elle, au fait ?) a été engagée pour accomplir les tâches que Ralph considère de son ressort. D'ici peu, à coup sûr, Ralph puis Marjorie seront partis, et elle, Virginia, émergera de son bureau pour voir quelqu'un de nouveau lui offrir un bonjour timide et empourpré. Elle sait que Leonard peut se montrer brusque, cassant et d'une impossible exigence. Elle sait que ces jeunes gens sont souvent injustement critiqués mais elle ne veut pas prendre leur parti contre lui. Elle ne veut pas être la mère qui intervient, quoi qu'ils l'en supplient avec leurs sourires empressés et leurs regards navrés. Après tout, Ralph est le problème de Lytton, et libre à Lytton de le reprendre. Lui comme ses frères et sœurs à venir poursuivront leur chemin et feront ce que bon leur semblera dans l'existence, personne ne s'attend qu'ils embrassent une carrière d'assistant à l'imprimerie. Leonard est peut-être un autocrate, il est peut-être injuste, mais il est son compagnon et son soutien, et elle ne le trahira pas ;

certes pas pour ce beau novice, Ralph, ni pour Marjorie, avec sa voix de perruche.

« Il y a dix erreurs en huit pages », dit Leonard. Les parenthèses autour de sa bouche sont si creusées que vous pourriez y glisser un penny.

« Heureusement que tu les as trouvées, dit Virginia.

— Elles sont toutes rassemblées dans la partie du milieu. Crois-tu qu'un mauvais texte attire davantage les calamités que la normale ?

— Comme j'aimerais vivre dans un monde où ce serait le cas... Je vais sortir faire un tour pour m'éclaircir l'esprit, puis je viendrai donner un coup de main.

— Nous avançons bien, dit Ralph. Nous devrions avoir terminé à la fin de la journée.

— Avec de la chance, dit Leonard, nous aurons fini dans une semaine. »

Il est écarlate ; Ralph devient d'un rouge plus délicat et plus net. Bien sûr, pense-t-elle. C'est Ralph qui a composé le texte, et il l'a fait avec négligence. La vérité, pense-t-elle, trône tranquillement entre ces deux hommes, rebondie, vêtue d'un gris sévère de matrone. Elle n'est pas du côté de Ralph, le jeune fantassin, qui apprécie la littérature mais apprécie aussi, avec une ferveur égale voire plus grande, les biscuits et le brandy qui l'attendent lorsque prend fin le travail de la journée ; qui est gentil, sans qualité particulière et sur qui vous pouvez à peine compter pour mener à bien, dans le temps qui lui est alloué, les affaires ordinaires d'un monde ordinaire. De même la vérité n'est pas (hélas) du côté de Leonard, du brillant et infatigable Leonard, qui refuse de distinguer un contretemps d'une catastrophe ; qui vénère par-dessus tout le travail bien fait et se rend insupportable parce qu'il croit sincèrement pouvoir extirper et réformer tout ce qu'il y a de médiocrité et d'irresponsabilité chez l'homme.

« Je suis certaine, dit-elle, qu'à nous tous nous arriverons à mettre ce livre dans une forme acceptable, et malgré tout à fêter Noël. »

Ralph lui sourit avec un soulagement si visible qu'elle a envie de le gifler. Il surestime sa bienveillance – elle n'a pas parlé à son intention mais à celle de Leonard, de la même manière que sa propre mère eût fait peu de cas de la maladresse d'une domestique pendant un dîner, déclarant par amour pour son père et tous ceux qui étaient présents à la table que la soupière en miettes n'annonçait aucune catastrophe ; que le cercle d'amour et de tolérance ne pouvait pas être brisé ; que tout allait bien.

MRS BROWN

La vie, Londres, ce moment de juin.

Elle commence par tamiser de la farine dans un bol bleu. Derrière la fenêtre s'étend la courte bande de gazon qui sépare la maison de celle du voisin ; l'ombre d'un oiseau zèbre d'un trait le crépi immaculé du garage de celui-ci. Pendant un court instant, Laura est charmée par l'ombre de l'oiseau, les bandes de blanc éclatant et de vert. Le bol sur le comptoir devant elle est d'un bleu clair légèrement décoloré, laiteux, orné d'une mince guirlande de feuillage blanc le long du bord. Les feuilles sont identiques, stylisées, un peu déformées, inclinées outre mesure, et il semble parfait et inévitable que l'une d'entre elles présente sur le côté une petite encoche exactement triangulaire. Une fine et blanche pluie de farine tombe dans le bol.

« Ça y est, dit-elle à Richie. Tu veux voir ?

— Oui », répond-il.

Elle s'agenouille pour lui montrer la farine tamisée. « Bon. Il faut mesurer quatre tasses. Oh, là, là ! Sais-tu compter jusqu'à quatre ? »

Il montre quatre doigts. « Bien, fait-elle. Très bien. »

À cet instant, elle le dévorerait volontiers, non avec voracité mais avec adoration, tout doucement, de la manière dont elle prenait l'hostie dans sa bouche avant d'être mariée et convertie (sa mère ne lui pardonnera jamais, jamais). Elle déborde d'un amour si fort, si dénué d'équivoque, qu'il ressemble à de l'appétit.

« Tu es un gentil petit garçon très intelligent », dit-elle.

Richie sourit ; il la dévisage avec passion. Elle lui renvoie son regard. Ils s'arrêtent, immobiles, s'observant l'un l'autre, et pendant une minute elle est exactement semblable à son image : une femme enceinte agenouillée dans une cuisine à côté de son fils de trois ans, qui sait compter jusqu'à quatre. Elle est elle-même et la parfaite illustration de ce qu'elle est ; il n'y a aucune différence. Elle va confectionner un gâteau d'anniversaire – seulement un gâteau –, mais dans son esprit, en cette minute, le gâteau est glacé et resplendissant comme une photo de gâteau dans un magazine ; il est même mieux que les photos de gâteaux dans les magazines. Elle s'imagine en train de faire avec les ingrédients les plus modestes un gâteau qui possédera tout l'équilibre et toute l'autorité d'une urne ou d'une maison. Le gâteau traduira la générosité et le bonheur tout comme une maison agréable exprime le bien-être et la sécurité. C'est, pense-t-elle, ce que les artistes ou les architectes doivent ressentir (la comparaison est affreusement grandiloquente, elle le sait, peut-être même un peu stupide, mais enfin…), face à la toile ou à la pierre, armés d'huile ou de mortier. Un livre tel que *Mrs Dalloway* n'a-t-il pas été à un moment donné de simples pages vierges et un flacon d'encre ? Ce n'est qu'un gâteau, se dit-elle. Mais quand même. Il y a gâteau et gâteau. À cet instant, un bol de farine tamisée entre les mains, dans une maison ordonnée sous le ciel de Californie, elle espère être aussi comblée et emplie d'espoir qu'un écrivain couchant sa première phrase, qu'un architecte esquissant les premiers plans.

« Allons, dit-elle à Richie. À toi de commencer. »

Elle lui tend une mesure en aluminium. C'est la première fois qu'on lui confie une tâche de cette ampleur. Laura dépose par terre un second bol, vide, à son intention. Il tient la mesure à deux mains.

« Vas-y », dit-elle.

Guidant la main de Richie, elle l'aide à plonger la mesure dans la farine. Elle y pénètre facilement, et à travers la mince paroi il sent la texture soyeuse et délicatement granuleuse de la farine. Un minuscule nuage s'élève dans le sillage de la tasse. La mère et son fils la soulèvent à nouveau, débordante. La farine coule en cascade le long du métal. Laura recommande à l'enfant de tenir d'une main ferme la mesure, ce qu'il s'applique à faire, et d'un geste rapide elle élimine le petit tas granuleux sur le dessus et crée une surface impeccablement lisse et blanche au ras de la tasse. Il la tient toujours entre ses deux mains.

« Très bien. À présent, nous allons la verser dans l'autre bol. Penses-tu pouvoir y parvenir tout seul ?

— Oui », dit-il, bien qu'il n'en soit pas certain. Il croit que cette tasse de farine est unique et irremplaçable. C'est une chose d'avoir à porter un chou de l'autre côté de la rue, et c'en est une autre de devoir porter la tête récemment exhumée de l'Apollon de Rilke.

« Alors, allons-y », dit-elle.

Il transporte avec précaution la mesure jusqu'à l'autre bol et, paralysé, la tient au-dessus de la cavité d'un blanc éblouissant (c'est l'avant-dernier d'une série de bols gigognes, vert pâle, avec la même guirlande de feuillage autour du bord). Il comprend qu'il est censé verser la farine dans le bol, mais peut-être a-t-il mal compris les instructions, et va-t-il tout gâcher ; en renversant la farine, il risque de provoquer une catastrophe plus vaste, de détruire un équilibre précaire. Il voudrait regarder le visage de sa mère mais ne peut quitter la mesure des yeux.

« Retourne-la », dit-elle.

Il la retourne d'un seul mouvement rapide, craintif. La farine hésite une fraction de seconde, puis se répand. Elle tombe d'un bloc, formant un monticule qui reproduit plus ou moins le contour de la tasse. Un nuage plus épais s'élève, monte presque jusqu'à lui, puis se dissipe. Il contemple ce qu'il a fait : une petite colline blanche, légèrement grenue, piquetée d'ombres infimes, se détachant sur le blanc plus crémeux du bol.

« Oups ! » s'exclame sa mère.

Il la regarde, épouvanté. Ses yeux s'emplissent de larmes.

Laura soupire. Pourquoi est-il si sensible, si prompt à d'inexplicables remords ? Pourquoi doit-elle se montrer si attentive avec lui ? Pendant un moment – un moment, et c'est presque imperceptible –, Richie change d'aspect. Il est soudain plus grand, plus vif. Sa tête s'élargit. Une lueur d'un blanc mat semble, brièvement, l'envelopper. Pendant un moment, elle désire juste s'en aller – pas lui faire du mal, elle en serait incapable –, se sentir libre, sans rien à se reprocher, sans responsabilité.

« Non, non, dit Laura. C'est bien. Très bien. C'est exactement ce qu'il fallait faire. »

Il sourit au milieu de ses larmes, soudain fier de lui, presque anormalement soulagé. Voilà. Il suffisait de quelques mots apaisants, de le rassurer. Elle soupire. Elle lui caresse les cheveux.

« Voyons, dit-elle, es-tu prêt à recommencer ? »

Il hoche la tête avec un enthousiasme si naïf, si spontané que sa gorge se noue dans un spasme d'amour. Tout à coup, cela paraît facile de faire un gâteau, d'élever un enfant. Elle aime son fils avec candeur, comme la plupart des mères – elle ne lui en veut pas, elle ne veut pas partir. Elle aime son mari et est heureuse d'être mariée. Il est possible (il n'est pas impossible) qu'elle ait glissé de l'autre côté d'une ligne invisible, la ligne qui l'a toujours séparée de ce qu'elle préférerait ressentir, de ce qu'elle préférerait être. Il n'est pas impossible qu'elle ait subtilement mais profondément changé, là, dans cette cuisine, en ce moment d'une extrême banalité : qu'elle se soit retrouvée. Elle s'y est efforcée pendant si longtemps, avec tant d'opiniâtreté, une telle bonne foi, et maintenant elle a découvert l'art de vivre heureuse, en restant elle-même, comme un enfant apprend à un moment donné à garder l'équilibre sur une bicyclette. Tout se passera bien, semble-t-il. Elle ne perdra pas espoir. Elle ne se lamentera pas sur ses possibilités gâchées, ses talents inexplorés (et si elle n'avait aucun talent, après tout ?). Elle va continuer à se consacrer à son fils, à son mari, à sa maison et à ses tâches, à tout ce qu'elle a reçu. Elle désirera vraiment ce second enfant.

MRS WOOLF

Elle remonte la route du Mont-Ararat, élaborant le suicide de Mrs Dalloway. Clarissa aura été amoureuse : d'une femme. Ou d'une jeune fille, plutôt ; oui, d'une jeune fille qu'elle a connue dans sa jeunesse ; une de ces passions qui s'embrasent quand on est jeune – lorsque vous croyez sincèrement que votre découverte de l'amour et des idées est unique, que personne ne les a jamais perçus comme vous ; durant cette brève période de la jeunesse où l'on se sent libre de faire ou de dire n'importe quoi ; de choquer, de voler de ses propres ailes ; de refuser le futur qui vous est proposé et d'en exiger un autre, beaucoup plus noble et plus surprenant, entièrement déterminé et maîtrisé par soi-même, sans rien devoir à la vieille tante Helena, qui reste assise tous les soirs dans son vieux fauteuil et se demande à voix haute si Platon et Morris sont des lectures convenables pour des jeunes femmes. Dans sa prime jeunesse, Clarissa Dalloway aimera une autre jeune fille, imagine Virginia ; Clarissa croira qu'un riche et tumultueux avenir s'ouvre devant elle, mais en fin de compte (comment, exactement, ce changement s'accomplira-t-il ?) elle reviendra à la raison, comme le font les jeunes femmes, et épousera un homme convenable.

Oui, elle reviendra à la raison et se mariera.

Elle mourra dans la plénitude de l'âge. Elle se suicidera, probablement, à cause d'une broutille (comment faire pour que ce soit convaincant, tragique et non pas comique ?).

Cet événement prendra place plus tard dans le livre, et lorsque Virginia y sera parvenue elle espère que sa nature précise se sera révélée d'elle-même. Pour l'instant, parcourant Richmond, elle concentre ses réflexions sur l'objet du premier amour de Clarissa. Une jeune fille. Elle sera impétueuse et captivante, décrète-t-elle. Elle scandalisera les tantes, parce qu'elle coupe les têtes des dahlias et des roses trémières, et les fait flotter dans de grandes coupes remplies d'eau, comme la sœur de Virginia, Vanessa, l'a toujours fait.

Sur la route du Mont-Ararat, Virginia croise une femme corpulente, une silhouette familière, qu'elle rencontre souvent dans les magasins, une robuste matrone à l'air méfiant qui promène deux carlins au bout de leurs laisses couleur cognac, tient un énorme sac en tapisserie dans son autre main, et qui, par sa façon ostentatoire d'ignorer Virginia, montre qu'elle vient, à nouveau, de parler tout haut à son insu. Oui, elle entend pratiquement les mots qu'elle a marmonnés, *scandalise les tantes*, traîner derrière elle comme une écharpe. Et alors, quelle importance ? Une fois que la femme est passée, Virginia se retourne, crâne, décidée à défier le regard qu'elle pourrait lui jeter dans son dos. Ses yeux croisent ceux d'un des carlins, qui l'observe par-dessus son épaule fauve avec un étonnement moite et asthmatique.

Elle atteint Queen's Road, fait demi-tour et reprend le chemin de sa maison, songeant à Vanessa, aux fleurs décapitées flottant dans des coupes remplies d'eau.

Bien qu'elle soit des plus élégantes, Richmond n'est finalement et indéniablement qu'une banlieue, rien de plus, avec tout ce que le mot implique de jardinières aux fenêtres et de haies ; de femmes au foyer qui promènent des carlins ; de pendules qui sonnent les heures dans des pièces vides. Virginia pense à l'amour d'une femme pour une autre. Elle n'a que mépris pour Richmond. Londres lui manque cruellement ; elle rêve parfois du cœur des villes. Ici, où on l'a emmenée vivre depuis huit ans – huit longues années – parce que rien n'y est bizarre ou merveilleux, elle est en grande partie libérée de ses migraines et de ses voix, de ses accès de rage. Ici, tout ce qu'elle désire, c'est retrouver les dangers de la vie urbaine.

Sur le perron de Hogarth House, elle prend le temps de se ressaisir. Elle a appris au fil des ans que la santé mentale implique une certaine mesure de comédie, non seulement à l'égard de son mari et des domestiques, mais surtout afin d'asseoir ses propres convictions. Elle est l'auteur ; Leonard, Nelly, Ralph et les autres sont les lecteurs. Ce roman en particulier a pour sujet une femme sereine et intelligente, d'une sensibilité exacerbée, qui fut autrefois malade mais est aujourd'hui guérie ; qui se prépare pour la saison londonienne, où elle recevra et sortira, écrira le matin et lira l'après-midi, déjeunera avec des amis, s'habillera à la perfection. Il y a un art véritable dans tout cela, dans l'ordonnance des thés et des dîners, dans cette chaleureuse bienséance. Les hommes peuvent se féliciter d'écrire avec vérité et passion sur les mouvements des nations ; ils peuvent considérer que la guerre et la quête de Dieu sont les seuls thèmes de la grande littérature ; mais, si le rang des hommes dans l'existence pouvait être ébranlé par le choix malheureux d'un chapeau, la littérature anglaise en serait spectaculairement changée.

Clarissa Dalloway, se dit-elle, se tuera pour une raison qui semblera, à première vue, insignifiante. Sa réception sera un fiasco, ou son mari, pour la énième fois, n'aura pas remarqué l'effort qu'elle a fait pour être élégante ou décorer sa maison. La difficulté sera de rendre avec exactitude l'ampleur du désespoir mineur mais très réel de Clarissa ; de convaincre complètement le lecteur que, pour elle, les défaites domestiques sont en tout point aussi dévastatrices que les batailles perdues pour un général.

Virginia franchit le seuil de la maison. Elle se sent pleinement maîtresse du personnage qui est Virginia Woolf, et c'est ce personnage qui ôte son manteau, le suspend et descend à la cuisine pour s'entretenir avec Nelly du déjeuner.

Dans la cuisine, Nelly étale une pâte. Nelly est semblable à elle-même, immuable ; toujours grande et rougeaude, impériale, indignée, comme si elle avait vécu une ère de pompe et de gloire qui aurait pris fin, définitivement, dix minutes avant votre entrée dans la pièce. Virginia s'émerveille devant elle. Comment fait-elle, comment se débrouille-t-elle, chaque jour et chaque heure, pour être si exactement la même ?

« Bonjour, Nelly, dit Virginia.

— Bonjour, Madame. » Nelly reste le regard rivé sur sa pâte, comme si son rouleau à pâtisserie révélait d'imperceptibles mais néanmoins lisibles inscriptions à sa surface.

« Vous faites une tourte pour le déjeuner ?

— Oui, Madame. Une tourte à l'agneau ; il reste de l'agneau, et vous étiez tellement occupée à travailler ce matin que nous ne nous sommes pas parlé.

— Une tourte à l'agneau est une excellente idée », affirme Virginia, qui doit se forcer pour jouer son rôle. Elle se raisonne : la nourriture n'a rien de sinistre. Ne pense pas à la putréfaction ou aux excréments ; ne pense pas au visage dans la glace.

« J'ai fait du potage au cresson, poursuit Nelly, et la tourte. Ensuite, j'ai pensé à des poires jaunes en guise de dessert, à moins que vous ne préfériez quelque chose de moins ordinaire. »

Nous y voilà, le défi est lancé. *À moins que vous ne préfériez quelque chose de moins ordinaire.* C'est ainsi que l'amazone soumise se tient au bord de la rivière, drapée dans la fourrure des animaux qu'elle a tués et dépouillés ; ainsi qu'elle dépose une poire devant les pantoufles d'or de la reine, et dit : « Voici ce que j'ai apporté. À moins que vous ne préfériez quelque chose de moins ordinaire. »

« Les poires conviendront à merveille », dit Virginia, bien que naturellement les poires ne conviennent pas du tout ; pas en ce moment. Si Virginia avait tenu son rôle et était apparue ce matin dans la cuisine pour décider du déjeuner, elle aurait pu choisir n'importe quel entremets. Elle aurait pu choisir un blanc-manger ou un soufflé ; ou, pourquoi pas, des poires. Virginia aurait pu entrer dans la cuisine à huit heures et dire : « Ne nous compliquons pas la vie avec le dessert aujourd'hui, des poires feront très bien l'affaire. » Au lieu de quoi elle est allée tout droit se réfugier dans son bureau, craignant que sa journée d'écriture (cet élan fragile, cet œuf en équilibre sur une cuiller) ne fonde en face d'un accès de mauvaise humeur de Nelly. Nelly le sait, bien sûr qu'elle le sait, et en proposant des poires elle rappelle à Virginia que c'est elle, Nelly, qui a le pouvoir ; qu'elle connaît des secrets ; que les reines qui se soucient plus de résoudre des énigmes dans leurs appartements que du bien-être de leur peuple récoltent ce qu'elles méritent.

Virginia ramasse une languette de pâte sur la planche à pâtisserie, la pétrit entre ses doigts. Elle demande : « Vous n'avez pas oublié que Vanessa et les enfants viennent à quatre heures ?

— Non, Madame, je n'ai pas oublié. » Nelly soulève la pâte avec adresse et la dispose dans le moule à tourte. Le geste délicat, précis, rappelle à Virginia la façon dont on emmaillote un bébé, et pendant un instant elle a l'impression d'être une jeune fille qui observe, admirative et rageuse, l'insondable savoir-faire d'une mère.

Elle dit : « Il faudra du thé de Chine, je pense. Et du gingembre confit.

— Du thé de Chine, Madame ? Et du gingembre confit ?

— Nous n'avons pas eu Vanessa depuis plus de quinze jours. Je préfère lui offrir quelque chose de meilleur que les restes de notre thé d'hier.

— Pour le thé de Chine et le gingembre confit, il faudra aller à Londres. On n'en vend pas par ici.

— Il y a un train toutes les demi-heures, un car toutes les heures. Y a-t-il autre chose dont nous ayons besoin à Londres ?

— Oh, il y a toujours des choses. C'est seulement qu'il est onze heures et demie, et que le déjeuner est loin d'être prêt. Mrs Bell arrive à quatre heures. Vous avez bien dit quatre heures, n'est-ce pas ?

— Oui, et par quatre heures j'entends l'heure qu'il sera dans cinq heures à compter de maintenant, puisqu'il est onze heures huit. Le train de midi trente vous amènera à Londres à une heure et quelques minutes. Le train de deux heures trente vous ramènera ici juste après trois heures, ponctuellement et sans vous presser, avec le thé et le gingembre. Mes calculs sont-ils exacts ?

— Oui », dit Nelly. Elle prend un navet dans la jatte et en tranche l'extrémité d'un habile petit coup de couteau. Voilà, pense Virginia, voilà comment elle aimerait me trancher la gorge ; juste comme ça, d'un geste désinvolte, comme si me tuer faisait partie des tâches domestiques qui l'attendent avant l'heure du coucher. C'est ainsi que Nelly commettrait un meurtre, avec compétence et précision, de la même façon qu'elle fait la cuisine, selon des recettes apprises il y a si longtemps qu'elle ne les considère plus comme un savoir. En ce moment précis, elle couperait volontiers la gorge de Virginia comme un navet parce que Virginia a négligé ses responsabilités et que c'est à elle, Nelly Boxall, une femme d'âge mûr, que l'on reproche de servir des poires. Pourquoi est-il si difficile de gouverner des domestiques ? La mère de Virginia y parvenait magnifiquement. Vanessa y parvient magnifiquement. Pourquoi est-il aussi difficile d'être ferme et gentille envers Nelly ; de susciter son respect et son affection ? Virginia sait comment elle devrait entrer dans la cuisine, comment elle devrait redresser les épaules, prendre un ton maternel sans être familier, le ton d'une gouvernante s'adressant à un enfant chéri. *« Oh, servons autre chose que de simples poires, Nelly, Mr Woolf n'est pas de bonne humeur aujourd'hui et j'ai peur que des poires ne suffisent pas à l'amadouer. »* Ce serait si simple.

Elle donnera à Clarissa Dalloway une grande compétence avec les domestiques, une attitude où s'uniront la bienveillance et l'autorité. Ses domestiques l'adoreront. Ils feront plus que ce qu'elle attendra d'eux.

MRS DALLOWAY

En entrant dans le hall d'entrée avec ses fleurs, Clarissa rencontre Sally qui en sort. Pendant une minute – moins d'une minute –, elle regarde Sally comme si elles étaient étrangères l'une à l'autre. Sally est une femme au teint pâle, grisonnante, avec un visage dur et nerveux, et cinq kilos de moins qu'il ne faudrait. Un moment, en voyant cette étrangère dans le hall, Clarissa est emplie de tendresse et d'une vague et froide désapprobation. Clarissa pense : Elle est tellement impatiente et charmante. Clarissa pense : Elle ne devrait jamais porter de jaune, pas même ce ton de moutarde.

« Salut, dit Sally. Superbes fleurs. »

Elles échangent un baiser rapide, sur les lèvres. Elles sont prodigues de baisers.

« Où vas-tu ? demande Clarissa.

— En ville. Déjeuner avec Oliver St. Ives. Je ne te l'ai pas dit ? Je ne me souviens plus si je te l'ai dit ou non.

— Tu ne me l'as pas dit.

— Désolée. Cela t'ennuie ?

— Pas du tout. C'est agréable de déjeuner avec une vedette de cinéma.

— J'ai fait un ménage d'enfer dans l'appartement.

— Du papier de toilette ?

— Plein. Je serai de retour dans deux heures à peu près.

— À tout à l'heure.

— Les fleurs sont superbes, dit Sally. Pourquoi suis-je si nerveuse ?

— Parce que tu vas déjeuner avec une star de cinéma, je suppose.

— Ce n'est qu'Oliver. J'ai l'impression de t'abandonner.

— Mais non. Tout va bien.

— Tu es sûre ?

— Vas-y. Amuse-toi bien.

— Ciao. »

Elles s'embrassent encore. Clarissa dira à Sally, quand le moment s'y prêtera, de mettre la veste moutarde au rancart.

En s'avançant dans le hall d'entrée, elle s'étonne du plaisir qu'elle a ressenti – il y a combien de temps à peu près ? – un peu plus d'une heure auparavant. À cet instant, à onze heures et demie, par une chaude journée de juin, le hall de son immeuble ressemble à l'entrée du royaume des morts. L'urne est placée dans son alcôve, et les dalles marron vernissées renvoient silencieusement, dans un halo brouillé, la lumière ocre, vieillotte, des appliques. Non, pas exactement l'image du royaume des morts ; il y a quelque chose de pire que la mort, avec sa promesse de délivrance et de sommeil. Il y a la poussière qui flotte, les jours interminables, et un hall qui demeure, demeure, toujours empli de la même lumière marron et de l'odeur humide, un peu chimique, qui tiendra lieu – jusqu'à ce que se manifeste quelque chose de plus précis, comme la véritable odeur de l'âge et de la décrépitude – de la fin de l'espoir. Richard, son amour perdu, son ami le plus sincère, est en train de sombrer dans sa maladie, dans sa folie. Richard ne l'accompagnera pas, ainsi que c'était prévu, dans la vieillesse.

Clarissa pénètre dans l'appartement et, bizarrement, se sent tout de suite mieux. Un peu mieux. Il y a la réception à préparer. Il y a au moins ça. C'est sa maison ; sa maison et celle de Sally ; et, bien qu'elles y vivent ensemble depuis presque quinze ans, elle est toujours frappée par sa beauté et par la chance extraordinaire qui est la leur. Deux étages et un jardin dans West Village ! Elles sont riches, c'est vrai ; outrageusement riches selon les critères du monde en général. Mais pas *riches* riches, pas du genre riche new-yorkais. Elles avaient une certaine somme à dépenser et elles ont été bien avisées d'investir dans ces planchers de pin, cette enfilade de croisées s'ouvrant sur le jardinet dallé où une mousse émeraude déborde des vasques de pierre et dont la petite fontaine circulaire, un disque d'eau claire, murmure lorsque l'on presse sur un interrupteur. Clarissa emporte les fleurs dans la cuisine, où Sally a laissé une note (Déjeuner av. Oliver – ai-je oublié de te le dire ? –, retour au plus tard à 3, XXXXX). Clarissa a le sentiment, soudain, que tout est sens dessus dessous. Ce n'est pas sa cuisine. C'est celle d'une personne qu'elle connaît, assez agréable mais pas à son goût, pleine d'odeurs étrangères. Elle habite ailleurs. Elle habite dans une chambre où la branche d'un arbre tape doucement contre la vitre, tandis que quelqu'un pose avec précaution l'aiguille du phonographe sur un disque. Ici, dans cette cuisine, il y a des assiettes blanches empilées à la perfection, comme des objets sacrés, derrière des portes de placard vitrées. De vieux pots de faïence, vernissés dans différentes nuances de jaune craquelé, sont disposés en rang sur le comptoir en granit. Clarissa reconnaît ces objets mais y est étrangère. Elle sent la présence de son propre fantôme ; la part d'elle-même la plus rémanente et la moins distincte ; la part qui ne possède rien ; qui observe avec émerveillement et détachement, tel un touriste dans un musée, une rangée de pots vernis jaunes et un comptoir sur lequel il n'y a qu'une seule miette, un robinet chromé duquel une unique goutte tremble, grossit et tombe. Sally et elle ont acheté toutes ces choses, elle se rappelle chaque transaction, mais ces choix lui paraissent maintenant arbitraires, le robinet, le comptoir et les pots, la vaisselle blanche. Ce ne sont que des choix, un objet et puis un autre, oui ou non, et elle se rend compte qu'elle pourrait facilement échapper à cette existence – à ces motifs de satisfaction vides et artificiels. Elle pourrait s'en aller et retourner dans son autre maison, où n'existent ni Sally ni Richard ; où il n'y a que l'essence de Clarissa, une jeune fille devenue femme, encore animée d'espoir, encore capable de tout. Se révèle soudain à ses yeux que tout son chagrin et sa solitude, tout cet échafaudage branlant, tiennent au seul fait qu'elle prétend vivre dans cet appartement, avec la généreuse et impatiente Sally, et que si elle part elle sera heureuse, ou mieux qu'heureuse. Elle sera elle-même. Elle se sent un court instant merveilleusement seule, tout est encore devant elle.

Puis l'illusion passe. Elle ne s'évanouit pas. Elle ne disparaît pas d'un coup. Non, elle passe simplement, comme un train qui s'arrête dans une petite gare de campagne, attend un moment, puis continue hors de votre vue. Clarissa retire les fleurs de leur papier, les met dans l'évier. Elle est déçue et plutôt soulagée. C'est, en vérité, son appartement, sa collection de pots de faïence, sa compagne, sa vie. Elle n'en veut pas d'autre. Avec l'impression d'être normale, ni transportée de joie ni déprimée – elle est Clarissa Vaughan, une femme fortunée, bien considérée dans sa profession, qui donne une soirée pour un écrivain célèbre et atteint d'une maladie mortelle –, elle regagne le salon afin d'écouter les messages sur le répondeur. La soirée se déroulera bien ou mal. Quoi qu'il arrive, Sally et elle dîneront ensuite. Elles se coucheront.

Il y a un message du nouveau traiteur (il a un accent impossible ; et s'il n'était pas à la hauteur ?) qui confirme la livraison pour trois heures. Il y a une femme qui demande si elle peut amener quelqu'un, et un autre invité annonçant qu'il a dû quitter la ville le matin même pour rendre visite à un ami d'enfance dont le sida a évolué brusquement en leucémie.

L'appareil s'arrête avec un déclic. Clarissa appuie sur le bouton de retour en arrière. Si Sally a oublié de mentionner son déjeuner avec Oliver St. Ives, c'est probablement que l'invitation ne concernait qu'elle. Oliver St. Ives, le scandaleux, le héros, n'a pas invité Clarissa à déjeuner. Oliver St. Ives, qui débuta de façon spectaculaire dans *Vanity Fair* et fut par la suite privé du rôle vedette dans un film policier à gros budget, a connu plus de notoriété comme militant homosexuel qu'il n'en aurait jamais eu s'il avait continué de jouer les hétéro-sexuels et d'enchaîner des films de série B. Sally a rencontré Oliver St. Ives lors d'une interview dans l'une des émissions très sérieuses, très intellos qu'elle copro-duit (il n'y aurait d'ailleurs jamais été invité à l'époque où il n'était qu'un héros de films d'action et non une vedette de premier plan). Sally est devenue quelqu'un qu'il invite à déjeuner, bien que Clarissa et lui se soient rencontrés en plus d'une occasion et aient eu ce qui, dans le souvenir de Clarissa, était une longue conversa-tion très intime lors d'une collecte de fonds. Cela ne compte donc pas qu'elle soit la femme dans le livre (bien que le livre, naturellement, n'ait eu aucun succès, et qu'Oliver, naturellement, ne lise, parions-le, que très peu). Oliver n'a pas dit à Sally : « Bien sûr, venez avec cette femme intéressante avec laquelle vous vivez. » Non, il a dû penser que Clarissa était une femme au foyer ; rien qu'une femme au foyer. Clarissa retourne à la cuisine. Elle n'est pas jalouse de Sally, ce serait mesquin, mais elle ne peut s'empêcher de constater, étant ignorée d'Oliver St. Ives, l'intérêt décroissant que le monde lui porte et, plus fort encore, le fait embarrassant qu'elle en souffre même aujourd'hui où elle prépare une réception pour un homme qui est sans doute un grand artiste et qui ne verra peut-être pas la fin de cette année. Je suis futile, se dit-elle, désespérément futile. Et pourtant. Qu'elle ne soit pas invitée démontre en quelque sorte que le monde peut se passer d'elle. L'oubli d'Oliver St. Ives (qui ne l'a probablement pas exclue exprès mais n'a tout simplement pas pensé à elle) ressemble à la mort tout comme le diorama pour enfant d'un événement historique ressemble à l'événement lui-même. C'est tout petit, criard, bon marché, fait de feutre et de colle. Mais quand même. Ce n'est pas un échec, se dit-elle. Ce n'est pas un échec de se trouver dans ces pièces, dans sa peau, en train de couper les tiges des fleurs. Ce n'est pas un échec, pourtant cela exige davantage de vous, un effort considérable ; le seul fait d'être présente et reconnaissante ; d'être heureuse (mot redoutable). Les gens ne vous regardent plus dans la rue, ou s'ils le font c'est désormais sans le moindre intérêt sexuel. Vous n'êtes plus invitée à déjeuner par Oliver St. Ives. Derrière l'étroite fenêtre de la cuisine, la ville vogue et gronde. Les amants se disputent ; les caissiers enregistrent ; des jeunes gens entrent dans les boutiques s'acheter de nouveaux vêtements pendant que la femme sous l'Arche de Washington Square chante *iiiiii* et que vous raccourcissez une rose et la mettez dans un vase plein d'eau tiède. Vous tentez de préserver cet instant, ici, dans la cuisine, avec les fleurs. Vous tentez de l'habiter, de l'aimer, parce qu'il vous appartient et qu'en dehors de ces pièces le hall vous attend, avec ses dalles brunes et ses lampes d'un marron sinistre allumées en permanence. Car, si la porte de la caravane s'était ouverte, la femme à l'intérieur, qu'il se fût agi de Meryl Streep, de Vanessa Redgrave ou même de Susan Sarandon, n'aurait été que cela, une femme dans une caravane, et vous n'auriez sûrement pas pu satisfaire votre envie. Vous n'auriez pas pu l'accueillir, là, dans la rue, la prendre dans vos bras ; et pleurer avec elle. C'eût été tellement merveilleux de pleurer ainsi, dans les bras d'une femme qui était une créature à la fois immortelle et lasse, effrayée, émergeant d'une caravane. Ce que vous êtes, avant tout, c'est vivante, ici même dans votre cuisine, comme Meryl Streep et Vanessa Redgrave sont vivantes quelque part, tandis que la circulation gronde dans la 6e Avenue et que les lames argentées des ciseaux tranchent une tige juteuse vert foncé.

Cet été-là, l'été de ses dix-huit ans, elle avait l'impression que tout pouvait arriver, absolument tout. Elle pouvait embrasser son formidable et solennel grand ami près de l'étang, ils pouvaient faire l'amour avec un curieux mélange de luxure et d'innocence, et ne pas se préoccuper des implications, s'il y en avait. C'était à cause de la maison, bien sûr, pense-t-elle. Sans elle, ils seraient restés trois étudiants fumant des joints et discutant des heures durant dans la résidence de Columbia. C'était à cause de la maison. De la chaîne d'événements provoqués par la rencontre fatale de la vieille tante et de l'oncle avec un camion de légumes dans la banlieue de Plymouth, et l'offre des parents de Louis d'utiliser, pendant l'été, la maison soudain déserte, où la salade était encore fraîche dans le réfrigérateur, et où un chat à moitié sauvage venait réclamer, avec une impatience grandissante, les restes qu'il avait toujours trouvés à la porte de la cuisine. Ce fut la maison et le temps – l'irréalité extatique de l'ensemble – qui peu ou prou transformèrent l'amitié de Richard en une forme d'amour dévorant, et ces mêmes éléments, à dire vrai, qui amenèrent Clarissa ici, dans cette cuisine new-yorkaise, où elle marche sur de l'ardoise italienne (une erreur, elle est froide et se tache facilement), coupe des fleurs et s'efforce, avec un succès relatif, de se désintéresser du fait qu'Oliver St. Ives, militant et star de cinéma déchue, ne l'ait pas invitée à déjeuner.

Ce n'était pas une trahison, avait-elle insisté ; rien qu'une extension du possible. Elle n'exigeait aucune fidélité de la part de Richard – Dieu l'en garde ! – et elle ne s'emparait en aucune façon de ce qui appartenait à Louis. Louis ne le pensait pas non plus (ou s'il y pensait, du moins refusait-il de le reconnaître, car, en vérité, était-ce un simple hasard s'il s'était si souvent blessé cet été-là, avec divers outils et couteaux de cuisine, et qu'il ait fallu deux visites successives chez le médecin du coin pour des points de suture ?). C'était en 1965 ; l'amour consumé en engendrerait simplement davantage. Cela semblait possible, en tout cas. Pourquoi ne pas faire l'amour avec tout le monde, pourvu que vous en ayez envie et qu'ils aient envie de vous ? Richard continua donc avec Louis, puis se tourna vers elle, et tout se passa bien, vraiment bien. Non que le sexe et l'amour fussent sans complication. Les tentatives de Clarissa avec Louis, par exemple, furent des échecs complets. Il n'était pas attiré par elle, ni elle par lui, en dépit de sa fameuse beauté. Ils aimaient tous les deux Richard, ils désiraient tous les deux Richard, et cela devait leur tenir lieu de lien. Tout le monde n'était pas censé coucher avec tout le monde, après tout, et ils n'étaient pas assez naïfs pour tenter d'aller au-delà d'un échec un jour de défonce dans le lit que Louis partagerait, pour le restant de l'été, avec Richard, les nuits où Richard n'était pas avec Clarissa.

Combien de fois depuis s'était-elle demandé ce qui serait arrivé si elle avait essayé de rester avec lui ; si elle avait rendu à Richard son baiser au coin de Bleeker et de

MacDougal, si elle était partie quelque part (où ?) avec lui, n'avait jamais acheté le sachet d'encens ou le manteau d'alpaga aux boutons en forme de rose. Auraient-ils pu découvrir quelque chose... de plus grand et de plus étrange que ce qu'ils avaient ? Cet autre futur, ce futur rejeté, on ne peut l'imaginer qu'en Italie ou en France, dans de grandes chambres ensoleillées et au milieu de jardins ; peuplé d'infidélités et de durs affrontements ; une vaste et longue histoire d'amour reposant sur une amitié si brûlante et profonde qu'elle les accompagnerait jusqu'à la tombe et au-delà. Elle aurait pu, pense-t-elle, entrer dans un autre univers. Elle aurait pu avoir une vie aussi riche et dangereuse que la littérature.

Ou peut-être pas, songe Clarissa. C'est ce que j'étais alors. C'est ce que je suis – une femme comme il faut dans un bel appartement, qui a une union stable et aimante, et donne une soirée. Aventurez-vous trop loin à la recherche de l'amour, se dit-elle, et vous renoncez à la citoyenneté que vous vous êtes donnée. Vous finissez par aller d'un port à l'autre.

Demeure pourtant ce sentiment d'avoir laissé passer une occasion. Peut-être n'y a-t-il rien, jamais, qui puisse égaler le souvenir d'avoir été jeunes ensemble. Peut-être est-ce aussi simple que cela. Richard était l'être que Clarissa aima dans sa période la plus optimiste. Richard s'était tenu près d'elle au bord d'un étang au crépuscule, en jean coupé aux genoux et sandales de caoutchouc. Richard l'avait appelée Mrs Dalloway et ils s'étaient embrassés. Sa bouche s'était ouverte à la sienne ; sa langue (excitante et terriblement familière, elle ne l'oublierait jamais) s'était introduite, timide, jusqu'à ce qu'elle rencontrât la sienne. Ils s'étaient embrassés et avaient fait le tour de l'étang. Une heure après ils dîneraient, et boiraient des quantités considérables de vin. L'exemplaire du *Carnet d'or* de Clarissa reposait sur la table de chevet blanche et écaillée de la chambre du grenier où elle dormait encore seule ; où Richard ne passait pas encore une nuit sur deux.

Cela ressemblait aux prémices du bonheur, et il arrive parfois à Clarissa, trente ans plus tard, de ressentir un choc en pensant que *c'était* le bonheur ; que toute cette expérience tenait dans un baiser et une promenade, l'attente d'un dîner et un livre. Le dîner est aujourd'hui oublié ; Doris Lessing a depuis longtemps été éclipsée par d'autres auteurs ; et même la relation sexuelle, une fois que Richard et elle en furent parvenus à ce stade, avait été fougueuse mais malhabile, insatisfaisante, plus affectueuse que passionnée. Ce qui demeure intact dans la mémoire de Clarissa plus de trente ans après, c'est un baiser au crépuscule sur un carré d'herbe jaunie, et une promenade autour d'un étang à l'heure où les moustiques bourdonnent dans la lumière faiblissante. Cette perfection-là subsiste, et elle est parfaite parce qu'elle semblait, à cette époque, promettre encore davantage. Dorénavant, elle sait : ce fut le moment, là, précisément. Il n'y en eut pas d'autre.

MRS BROWN

Le gâteau est moins réussi qu'elle ne l'avait espéré. Elle s'efforce de ne pas y attacher d'importance. Ce n'est qu'un gâteau, après tout. Rien qu'un gâteau. Richie et elle l'ont recouvert d'un glaçage, et elle lui a trouvé, non sans remords, une autre occupation pendant qu'elle presse le tube de crème et dessine des boutons de rose jaunes sur les bords et écrit « Joyeux Anniversaire Dan » au sucre glace. Elle ne veut pas courir le risque que son fils gâche tout. Cependant, le gâteau n'est pas devenu ce qu'elle avait imaginé ; loin de là. Il n'est pas véritablement raté, mais elle s'attendait à quelque chose de mieux. Elle le voyait plus grand, moins banal. Elle avait espéré (elle l'admet en son for intérieur) qu'il aurait l'air plus appétissant et plus beau, plus admirable. Ce gâteau qu'elle a confectionné paraît petit, non seulement au sens physique du terme, mais aussi en tant qu'entité. Il a un aspect amateur, fait à la maison. Elle se dit : Il est bien. C'est un beau gâteau, tout le monde l'aimera. Les défauts (les miettes prises dans le glaçage, le « n » écrasé de « Dan », qui se trouve trop près d'une rose) font partie de son charme. Elle lave les plats. Elle pense à la suite de la journée.

Elle va faire les lits, passer l'aspirateur. Elle va emballer les cadeaux qu'elle a achetés pour son mari ;

une cravate et une chemise, toutes les deux plus coûteuses et plus élégantes que celles qu'il s'achète en général, une brosse en soies de sanglier, une petite trousse de cuir à l'odeur âcre contenant une pince à ongles, une lime, une pince à épiler, qu'il pourra emporter lorsqu'il part en voyage, ce qui lui arrive de temps en temps, pour l'agence. Il sera heureux avec tous ces cadeaux, ou en donnera l'apparence ; il sifflera et dira « Voyez-moi tout ça ! » en découvrant la chemise et la cravate de luxe. Il l'embrassera, avec ferveur, à chaque cadeau, et lui dira qu'elle s'est donné trop de mal, qu'elle n'aurait pas dû, qu'il ne mérite pas de si jolies choses. Pourquoi, se demande-t-elle, a-t-elle l'impression qu'elle pourrait lui offrir n'importe quoi, absolument n'importe quoi, et s'attirer plus ou moins toujours la même réaction ? Pourquoi donc ne désire-t-il rien, rien d'autre que ce qu'il a déjà ? Il reste impénétrable dans ses ambitions et ses satisfactions, dans l'amour de son travail et de son foyer. C'est une qualité, se rassure-t-elle. Cela fait partie de son charme (elle n'utiliserait jamais ce terme en sa présence, mais en secret elle le trouve adorable, un homme adorable, car elle l'a vu dans ses heures les plus intimes, gémissant en rêve, plongé dans la baignoire avec son sexe ratatiné, réduit à la taille d'un mégot, flottant, d'une poignante innocence). Il est bon, se dit-elle – il est agréable – que son mari ne s'intéresse pas à l'éphémère ; que son bonheur dépende seulement de son existence à elle, ici dans la maison, d'elle menant sa vie, pensant à lui.

Son gâteau est raté, mais elle est aimée malgré tout. Elle est aimée, pense-t-elle, plus ou moins comme les cadeaux seront appréciés parce qu'ils sont offerts avec gentillesse, parce qu'ils existent, et font partie d'un monde où l'on désire ce que l'on reçoit.

Que préférerait-elle, alors ? Préférerait-elle que ses cadeaux soient repoussés, son gâteau méprisé ? Bien sûr que non. Elle veut être aimée. Elle veut être une mère compétente qui lit tranquillement une histoire à son enfant ; elle veut être une épouse qui dresse une table impeccable. Elle ne veut pas, pas du tout, être cela : une femme bizarre, une créature pathétique, encline aux caprices et aux fureurs, solitaire, boudeuse, tolérée mais pas aimée.

Virginia Woolf enfouit une pierre dans la poche de son manteau, entra dans la rivière, et se noya.

Laura ne sombrera pas dans la morbidité. Elle va faire les lits, passer l'aspirateur, préparer le dîner d'anniversaire. Elle ne s'inquiétera pas, à aucun sujet.

Quelqu'un frappe à la porte à l'arrière de la maison. Laura, qui lave le dernier plat, distingue confusément la silhouette de Kitty à travers le voilage blanc. C'est le vague halo des cheveux châtain clair de Kitty, le rose flou de son visage. Laura réprime un mouvement d'excitation et quelque chose de plus fort encore que l'excitation, proche de la panique. Elle est sur le point de recevoir la visite de Kitty. Elle n'est même pas coiffée ; elle est encore en robe de chambre. Elle ressemble beaucoup trop à la femme affligée. Elle voudrait se précipiter à la porte et elle voudrait se tenir là, sans bouger, devant l'évier, jusqu'à ce que Kitty renonce et s'en aille. Elle aurait pu se comporter ainsi, rester immobile, retenant son souffle (Kitty voit-elle à l'intérieur, s'en apercevrait-elle ?), mais il y a Richie, témoin de tout, qui à ce moment arrive en courant dans la cuisine, un camion en plastique rouge à la main, criant avec un mélange de ravissement et d'inquiétude qu'il y a quelqu'un à la porte.

Laura s'essuie les mains au torchon orné de coqs rouges et ouvre la porte. Ce n'est que Kitty, se dit-elle. Ce n'est que son amie qui habite deux maisons plus loin, et c'est, naturellement, ce que font les gens. Ils passent voir leurs voisins, et on les fait entrer ; qu'importe votre coiffure et votre robe de chambre. Qu'importe le gâteau.

« Bonjour, Kitty.

— Est-ce que je te dérange ? demande Kitty.

— Pas du tout. Entre. »

Kitty entre, et apporte avec elle une aura de propreté et une philosophie domestique ; tout un répertoire de gestes vifs, saccadés. C'est une femme plaisante, robuste, bien en chair, avec une grosse tête, de plusieurs années plus jeune que Laura (il semble que tout le monde, subitement, soit au moins un peu plus jeune qu'elle). Les traits de Kitty, ses petits yeux et son nez délicat, sont concentrés au milieu de son visage rond. À l'école, elle faisait partie de ces filles autoritaires, agressives, pas très jolies, auxquelles leur fortune et leur assurance athlétique conféraient un pouvoir tel qu'elles se bornaient à exister et exigeaient que, là où elles étaient, la notion de sex-appeal soit reconsidérée à leur bénéfice. Kitty et ses amies – sérieuses, équilibrées, les traits fermes, l'esprit large, capables d'une profonde loyauté et de cruautés terribles – étaient les reines des diverses festivités, les meneuses, les vedettes des représentations théâtrales.

« Je voudrais que tu me rendes un service, dit Kitty.

— Bien sûr, dit Laura. Veux-tu t'asseoir une minute ?

— Hum-hum. » Kitty s'assied à la table de cuisine. Elle adresse vaguement un bonjour amical au petit garçon qui l'observe d'un air soupçonneux, voire irrité (pourquoi est-elle venue ?) depuis un coin près de la cuisinière où il se sent relativement en sûreté. Kitty, qui n'a pas eu d'enfant jusqu'à présent (les gens commencent à se demander pourquoi), ne cherche pas à séduire ceux des autres. Ils peuvent venir à elle, s'ils en ont envie ; elle n'ira pas à eux.

« J'ai fait du café, dit Laura. En veux-tu une tasse ?

— Volontiers. »

Laura verse une tasse de café pour Kitty et une pour elle. Elle jette un coup d'œil inquiet au gâteau, voudrait pouvoir le cacher. Il y a des miettes prises dans le glaçage. Le « n » de « Dan » est aplati contre une rose.

Surprenant le regard de Laura, Kitty dit : « Oh, dis donc, tu as fait un gâteau.

— C'est l'anniversaire de Dan. »

Kitty se lève, s'approche de Laura. Elle porte un chemisier blanc à manches courtes, un short vert écossais, et des sandales de paille qui font un petit crissement quand elle marche.

« Eh bien, fait-elle.

— Un de mes premiers essais, dit Laura. C'est plus difficile qu'on ne le croit, d'écrire avec du glaçage. »

Elle espère paraître insouciante, enjouée, délicieusement indifférente. Pourquoi a-t-elle mis les roses d'abord, quand la première imbécile venue aurait su qu'il fallait commencer par l'inscription ? Elle saisit une cigarette. Elle est quelqu'un qui fume et boit du café le matin, qui s'occupe de sa famille, qui a Kitty pour amie, et qui se fiche que son gâteau soit imparfait. Elle allume sa cigarette.

« Il est mignon », dit Kitty, et elle démonte d'un coup la contenance d'une Laura cigarette au bec. Le gâteau est mignon, a dit Kitty, comme on dirait d'un dessin d'enfant qu'il est mignon. Il est charmant et touchant dans la divergence si sincère, si désespérément bien intentionnée entre l'ambition et la facilité. Laura comprend : il n'y a que deux choix possibles. Vous pouvez être soit capable soit indifférente. Vous pouvez créer un chef-d'œuvre de gâteau de vos propres mains ou, sinon, allumer une cigarette, vous déclarer nulle pour ce genre d'exercice, vous verser une autre tasse de café, et commander un gâteau chez le pâtissier. Laura est un artisan qui a essayé, et échoué, aux yeux d'autrui.

Elle a créé quelque chose de mignon, alors qu'elle avait espéré (c'est embarrassant, mais vrai) créer quelque chose de véritablement beau.

« Quand est l'anniversaire de Ray ? demande-t-elle, car il faut dire quelque chose.

— En septembre », répond Kitty. Elle reprend sa place à la table. Que dire de plus à propos du gâteau ?

Laura la suit avec les deux tasses de café. Kitty a besoin d'amies (le sérieux un peu ébahi de son mari n'est pas un attrait fort prisé dans le monde, et il y a aussi la question de l'absence d'enfant), et c'est pourquoi Laura est quelqu'un à qui elle rend visite, à qui elle demande des services. Pourtant, toutes deux savent que Kitty l'aurait snobée sans pitié au lycée si elles avaient eu le même âge. Dans une autre vie, peu différente de celle-ci, elles auraient été ennemies, mais dans cette vie-ci, avec ses surprises et les perversions de son déroulement, Laura s'est mariée à un jeune homme célèbre, un héros de la guerre, sorti diplômé de l'université en même temps que Kitty, et elle est entrée dans le monde de l'aristocratie un peu comme une disgracieuse princesse allemande, plus très jeune, pourrait se retrouver assise sur un trône au côté d'un roi d'Angleterre.

Ce qui la surprend – ce qui de temps en temps l'horrifie –, c'est à quel point elle prend plaisir à l'amitié de Kitty. Kitty est précieuse, de la même manière que le mari de Laura est charmant. Le caractère précieux de Kitty, le halo doré qui l'entoure, le sentiment que l'instant prend plus de poids dès qu'elle pénètre dans une pièce, sont dignes d'une star de cinéma. Elle a la singularité d'une star de cinéma, une beauté imparfaite et innée de star ; telle une star, elle semble à la fois ordinaire et hors du commun, comme Olivia de Havilland ou Barbara Stanwyck. Elle est extrêmement, on pourrait dire profondément, populaire.

« Comment va Ray ? demande Laura en posant une tasse devant Kitty. Cela fait un certain temps que je ne l'ai pas vu. »

Le mari de Kitty est l'occasion pour Laura de rétablir l'équilibre entre elles ; de témoigner à Kitty sa sympathie. Ray n'est pas une cause d'embarras, pas exactement – pas un raté total –, mais, dans la vie de Kitty, il est en quelque sorte l'équivalent du gâteau de Laura, à une autre échelle. Il était le petit ami de Kitty au lycée. Il jouait centre dans l'équipe de basket, et a ensuite réussi sans excès ses études à l'université de Californie du Sud. Il a passé sept mois en captivité aux Philippines pendant la guerre. Il est à présent une sorte de fonctionnaire mal défini au département des Eaux et de l'Énergie, et déjà, à trente ans, il est la démonstration que d'héroïques jeunes gens peuvent, insensiblement, sans raison apparente, se métamorphoser en abrutis d'âge mur. Ray est coiffé en brosse, sérieux, myope ; il est rempli de substances liquides. Il transpire beaucoup. De petites bulles de salive transparente se forment aux commissures de ses lèvres chaque fois qu'il parle un peu trop longuement. Laura imagine (comment s'en empêcher ?) que des rivières doivent jaillir de lui lorsqu'il fait l'amour, par opposition au modeste filet de son mari. Pourquoi, alors, n'ont-ils toujours pas d'enfants ?

« Il va bien, répond Kitty. C'est Ray. Pareil à lui-même.

— Dan aussi, dit Laura avec tendresse, conviction. Ces types sont étonnants, n'est-ce pas ? »

Elle pense aux cadeaux qu'elle a achetés pour son mari ; des cadeaux qui lui plairont, qu'il chérira, mais qu'il ne désire en aucune façon. Pourquoi l'a-t-elle épousé ? Elle l'a épousé par amour. Elle l'a épousé parce qu'elle se sentait coupable ; par crainte d'être seule ; par patriotisme. Il était trop bon, trop gentil, trop sérieux, il sentait trop bon pour qu'on ne l'épouse pas. Il avait trop souffert. Il la désirait.

Elle caresse son ventre.

Kitty répond : « À qui le dis-tu.

— Ne te demandes-tu jamais ce qui les pousse ? Je veux dire, Dan ressemble à un bulldozer ; rien ne semble pouvoir l'arrêter. »

Kitty hausse les épaules d'un geste exagéré, roule les yeux. À cette minute, Laura et elle pourraient être deux étudiantes, amies inséparables critiquant des garçons destinés à être bientôt remplacés par d'autres. Laura aimerait poser à Kitty une question, qu'elle n'arrive pas à formuler. La question concerne les faux-semblants et, plus obscurément, le rayonnement. Elle voudrait savoir si Kitty a l'impression d'être une femme étrange, forte et instable comme le sont, paraît-il, les artistes, pleine d'imagination, de fureur, adonnée par-dessus tout à créer… quoi ? Ceci. Cette cuisine, ce gâteau d'anniversaire, cette conversation. Ce monde ressuscité.

Laura dit : « Il faut qu'on se voie bientôt, tu sais. Cela fait des éternités.

— Le café est délicieux, remarque Kitty, buvant à petites gorgées. Quelle marque utilises-tu ?

— Je ne sais pas. Mais si, bien sûr, je sais. Folgers. Et toi ?

— Maxwell House. C'est une bonne marque, aussi.

— Humm.

— Quoique. Je crois que je vais changer. J'ignore pourquoi, d'ailleurs.

— En tout cas, c'est du Folgers.

— Il est très bon. »

Kitty contemple le fond de sa tasse avec une application feinte, ridicule. Un court instant, elle ressemble à une femme simple et ordinaire, assise à une table de cuisine. Sa magie s'évanouit ; on peut imaginer à quoi elle ressemblera à cinquante ans – elle sera grosse,

110

masculine, tannée, narquoise et sans illusion sur son mariage, une de ces femmes dont on dit : *Elle a été ravissante, vous savez.* Le monde, insensiblement, la laisse déjà à l'écart. Laura écrase sa cigarette, songe à en allumer une autre, se ravise. Elle sait faire du bon café ; elle prend soin de son mari et de son enfant ; elle vit dans cette maison où personne ne manque de rien, où personne ne doit rien, où personne ne souffre. Elle attend un autre enfant. Qu'importe si elle n'est ni une beauté ni un parangon d'excellence domestique.

« Alors », dit-elle à Kitty. Elle est surprise par l'autorité de sa voix ; la pointe d'accent métallique.

« Eh bien, fait Kitty.

— Qu'y a-t-il ? Tu as un problème ? »

Kitty reste assise sans rien dire pendant un moment, ne regarde ni Laura ni dans une autre direction. Elle se replie sur elle-même. Elle est assise là comme on l'est parmi des inconnus dans un train.

Elle dit : « Je dois me faire hospitaliser pendant deux jours.

— Pour quelle raison ?

— Ils ne savent pas exactement. J'ai une sorte de grosseur.

— Mon Dieu.

— C'est à l'intérieur, tu sais. Dans mes entrailles.

— Pardon ?

— Mon *utérus*. Ils vont y jeter un coup d'œil.

— Quand ?

— Cet après-midi. Le Dr Rich dit que le plus tôt sera le mieux. J'aimerais que tu t'occupes de nourrir le chien.

— Bien sûr. Qu'a *dit* le médecin au juste ?

— Seulement qu'il y a quelque chose, et qu'ils veulent savoir quoi. C'est sûrement l'origine des difficultés. À être enceinte.

— Bon, fait Laura. Ils peuvent donc t'en débarrasser.

— Il dit qu'ils doivent voir. Qu'il n'y a pas lieu de s'inquiéter, mais qu'il leur faut regarder. »

Laura observe Kitty, qui ne bouge ni ne parle, qui ne pleure pas.

« Tout ira bien, dit-elle.

— Oui. Sans doute que oui. Je ne suis pas inquiète. À quoi servirait de me faire du souci ? »

Laura déborde de tristesse et de tendresse. Et voilà la forte Kitty, Kitty la Reine de Mai, malade et effrayée. Et voilà la jolie montre-bracelet en or de Kitty ; voilà sa vie qui se défait soudain. Laura avait toujours cru, comme tant d'autres, que le problème venait de Ray – Ray et son obscure situation dans un service municipal ; ses postillons ; ses nœuds papillons ; son bourbon. Kitty a donné l'image, jusqu'à cet instant, d'une dignité éclatante et tragique – une femme aux côtés de son homme. Tant de ces hommes ne sont plus tout à fait ce qu'ils étaient (personne n'aime en parler) ; tant de femmes endurent sans une plainte les caprices et les silences, les crises de dépression, la boisson. Kitty paraissait, simplement, héroïque.

Il se trouve au contraire que le problème vient de Kitty. Laura sait, ou croit savoir, qu'il y a en réalité des raisons de s'inquiéter. Elle comprend que Kitty et Ray, leur impeccable petite maison, sont envahis par le malheur ; ils sont à moitié dévorés par lui. Kitty, après tout, ne deviendra peut-être pas cette robuste cinquantenaire à la peau tannée.

« Viens ici », dit Laura, comme elle le dirait à son enfant, mais comme s'il s'agissait de son enfant elle n'attend pas que Kitty obéisse et va vers elle. Elle la prend par les épaules et, après un moment d'embarras, se penche vers elle jusqu'à se mettre pratiquement à genoux. Elle est grande, si grande, à côté de Kitty. Elle l'entoure de ses bras.

Kitty hésite, puis se laisse enlacer. Elle se rend. Elle ne pleure pas. Laura la sent qui s'abandonne ; qui se laisse aller. Elle pense : Voilà ce que ressent un homme, quand il tient une femme contre lui.

Kitty enroule ses bras autour de la taille de Laura. Laura est submergée de sensations. Là, dans ses bras, elle tient la peur et le courage de Kitty, la maladie de Kitty. Là, ce sont ses seins. C'est le cœur robuste, diligent qui bat au-dessous ; et ce sont ces lumières liquides qui habitent son être – des lumières d'un rose profond, rouge doré, scintillantes, tremblantes ; des lumières qui se rassemblent et se dispersent. Voilà la Kitty profonde, le cœur qui bat sous le cœur ; l'essence inaccessible dont rêve un homme (Ray, entre tous !), dont il se languit, qu'il cherche si désespérément la nuit. La voilà, en plein jour, dans les bras de Laura. Sans s'en rendre compte, sans l'avoir voulu, elle embrasse Kitty, un long baiser sur le front. Elle est pénétrée du parfum de Kitty et de l'odeur fraîche et propre de ses cheveux châtain.

« Je vais bien, murmure Kitty. Je t'assure.

— Je sais, répond Laura.

— Je m'inquiète plutôt pour Ray. Il ne sait pas se débrouiller, pas avec ce genre de choses.

— Oublie Ray une minute, dit Laura. Oublie-le donc. »

Kitty hoche la tête contre les seins de Laura. La réponse est aussi silencieuse que la question, semble-t-il. Elles sont toutes deux marquées par le tourment et le bonheur, pleines de secrets partagés, en lutte constante. Toutes les deux jouent un rôle. Elles se sentent lasses et assaillies ; elles ont entrepris une si lourde tâche.

Kitty lève son visage ; leurs lèvres s'effleurent. Elles savent l'une et l'autre ce qu'elles font. Elles laissent leurs bouches s'attarder. Elles pressent leurs lèvres, mais elles ne s'embrassent pas réellement.

Kitty s'écarte.

« Tu es gentille », dit-elle.

Laura relâche son étreinte. Elle se recule. Elle est allée trop loin, toutes deux sont allées trop loin, mais c'est Kitty qui s'est écartée la première. C'est Kitty dont l'effroi l'a subitement entraînée, poussée à un geste étrange et désespéré. Laura est la prédatrice au regard sombre. C'est Laura qui s'écarte de la norme, l'étrangère, celle à qui vous ne pouvez pas faire confiance. Laura et Kitty admettent, en silence, que c'est la vérité.

Laura jette un coup d'œil dans la direction de Richie. Il tient encore son camion rouge à la main. Il ne cesse d'observer.

« Je t'en prie, ne t'inquiète pas, dit Laura à Kitty. Tout ira bien. »

Kitty se lève, avec grâce, sans hâte. « Tu sais ce qu'il faut faire, n'est-ce pas ? Donne-lui seulement une demi-boîte le soir, et vérifie de temps en temps qu'il a de l'eau. Ray le nourrira le matin.

— Est-ce que Ray te conduira à l'hôpital ?

— Mmm.

— Ne t'en fais pas. Je m'occuperai de tout, ici.

— Merci. »

Kitty parcourt rapidement la pièce d'un regard approbateur et résigné, comme si elle avait décidé, quelque peu contre sa raison, d'acheter finalement cette maison, et de voir comment elle pourrait l'arranger.

« Au revoir, dit-elle.

— Je te téléphonerai demain, à l'hôpital.

— D'accord. »

Avec un sourire hésitant, un petit pincement des lèvres, Kitty tourne les talons et s'en va.

Laura fait face à son petit garçon, qui la regarde d'un air inquiet, plein de suspicion et d'adoration. Elle est, par-dessus tout, exténuée ; elle n'a qu'un désir, se remettre au lit et retrouver son livre. Le monde, ce

114

monde, lui paraît soudain figé et ratatiné, loin de tout. Il y a la chaleur qui tombe uniment sur les rues et les maisons ; il y a l'unique rangée de magasins que l'on qualifie, localement, de centre-ville. Il y a le super-marché, le drugstore et la teinturerie ; il y a le coiffeur pour dames et la papeterie et le magasin d'articles bon marché, il y a la bibliothèque municipale de plain-pied, avec sa façade de stuc, ses journaux enroulés sur une tige de bois et ses rayons de livres endormis.

… la vie, Londres, ce moment de juin.

Laura ramène son fils dans le salon, le remet en présence de sa tour en cubes de bois colorés. Une fois qu'il est installé, elle regagne la cuisine, et, sans une hésitation, prend le gâteau et le fait directement glisser de son plat d'opaline dans la poubelle. Il y atterrit avec un bruit étonnamment ferme ; une rose jaune s'étale sur le bord incurvé de la poubelle. Laura se sent tout de suite soulagée, comme si des câbles d'acier avaient relâché leur étau autour de sa poitrine. Elle peut se remettre à l'ouvrage, à présent. D'après la pendule murale, il est à peine dix heures et demie. Elle a tout le temps de confectionner un autre gâteau. Cette fois-ci, elle tracera les lettres avec un cure-dent, afin de les centrer correcte-ment, et elle laissera les roses pour la fin.

MRS WOOLF

Elle relit des épreuves avec Leonard et Ralph quand Lottie annonce que Mrs Bell et les enfants sont arrivés.

« C'est impossible, dit Virginia. Il n'est pas encore deux heures et demie. Nous les attendions à quatre heures.

— Ils sont là, Madame, insiste Lottie de son ton un peu endormi. Mrs Bell est allée directement au salon. »

Marjorie quitte du regard le paquet de livres qu'elle vient d'envelopper avec de la ficelle (à l'inverse de Ralph, elle accepte volontiers de faire des paquets et de trier les caractères, ce qui est une bénédiction et une déception). Elle dit : « Il est déjà deux heures et demie ? J'avais espéré avoir tout expédié à cette heure. » Virginia ne bronche pas, pas visiblement, au son de la voix de Marjorie.

Leonard dit avec sévérité à Virginia : « Il m'est impossible de m'arrêter de travailler. Je ferai une apparition comme prévu à quatre heures, donc si Vanessa décide de rester jusque-là je la verrai.

— Ne t'inquiète pas, je m'occuperai de Vanessa », déclare Virginia, et en se levant elle prend conscience de sa robe d'intérieur froissée, du désordre de ses cheveux. Ce n'est que ma sœur, pense-t-elle, mais quand même, après tout ce temps, après tout ce qui est arrivé, elle

116

désire inspirer à Vanessa une certaine surprise admirative. Elle voudrait que sa sœur pense : « Tiens, la chèvre n'a pas l'air d'aller si mal, on dirait ? »

Virginia n'a pas l'air si bien que ça, et elle n'y peut guère, pourtant à quatre heures, au moins, elle aurait pu s'être changée et coiffée. Elle suit Lottie à l'étage, et en passant devant le miroir ovale qui orne le vestibule elle est tentée, un court instant, de regarder son reflet. Mais elle en est incapable. Les épaules droites, elle pénètre dans le salon. Vanessa sera son miroir, comme elle l'a toujours été. Vanessa est son vaisseau, sa rive verdoyante où les abeilles butinent dans les raisins.

Elle embrasse Vanessa, chastement, sur la bouche.

« Ma chérie, dit Virginia, tenant sa sœur par les épaules. Si je te dis que je suis ravie de te voir maintenant, je suis sûre que tu imagineras combien j'aurais été enchantée de te voir à l'heure à laquelle je t'attendais. »

Vanessa éclate de rire. Elle a un visage ferme, un teint d'un rose brillant, brûlé par le soleil. Bien que de trois ans son aînée, elle paraît plus jeune que Virginia, et elles ne l'ignorent ni l'une ni l'autre. Si Virginia a la beauté austère, desséchée d'une fresque de Giotto, Vanessa ressemble davantage à une figure sculptée dans du marbre rose par un artiste mineur mais habile de la fin du baroque. C'est une créature à l'évidence charnelle et même décorative, toute en volutes et en ondulations, avec un visage et un corps où l'abondance humaine transparaît avec une telle prodigalité qu'elle confine au sublime.

« Pardonne-moi, dit Vanessa. Nous avons fini nos courses à Londres plus tôt que prévu, et la seule autre solution eût été de tourner en rond autour de Richmond jusqu'à quatre heures de l'après-midi.

— Et qu'as-tu fait des enfants ? demande Virginia.

— Ils sont dans le jardin. Quentin a trouvé un oiseau à moitié mort sur la route, et ils sont persuadés qu'il a besoin d'être dans le jardin.

— Leur vieille tante Virginia ne peut certes pas se mesurer à ça. Si nous allions les rejoindre ? »

Et elles sortent de la maison ; Vanessa prend la main de Virginia comme elle prendrait la main d'un de ses enfants. Il est presque aussi irritant que réconfortant de voir Vanessa se comporter de façon si possessive ; tellement convaincue qu'elle peut arriver une heure et demie plus tôt que l'heure prévue. Bref, elle est là ; c'est sa main. Si seulement Virginia avait eu le temps de mettre un peu d'ordre dans ses cheveux…

Elle dit : « J'ai envoyé Nelly à Londres chercher du gingembre confit pour le thé. Nous l'aurons dans une heure environ, avec un gentil petit échantillon des coups de sang de Nelly.

— Nelly doit apprendre à se dominer », dit Vanessa. Voilà, songe Virginia, c'est ça, c'est le ton approprié de bienveillance sévère, attristée – c'est ainsi que l'on s'adresse aux domestiques, et aux sœurs. C'est tout un art, comme il y a un art pour tout, et beaucoup de ce que Vanessa peut vous apprendre tient dans ces petites manifestations en apparence naturelles. On arrive en avance ou en retard, prétendant d'un air désinvolte qu'on n'y peut rien. On tend la main avec une assurance maternelle. On dit que Nelly doit prendre sur elle, et ce faisant on pardonne à la maîtresse autant qu'à la domestique.

Au jardin, les enfants de Vanessa sont agenouillés en cercle dans l'herbe, près du massif de rosiers. Comme ils sont étonnants : trois êtres humains, habillés de pied en cap, sortis de nulle part. À un moment, il y a deux jeunes sœurs serrées l'une contre l'autre, poitrine contre poitrine, les lèvres prêtes au baiser, et l'instant suivant deux femmes adultes, mariées, debout l'une à côté de l'autre sur une modeste pelouse devant un groupe d'enfants (appartenant à Vanessa, naturellement, tous à Vanessa ; aucun n'est à Virginia, et il n'y en aura jamais aucun). Voici le grave et beau Julian ; voici Quentin le rougeaud, qui tient l'oiseau (une grive) dans ses mains rouges ; et voici la petite Angelica, accroupie un peu à l'écart de ses frères, effrayée, fascinée par cette poignée de plumes grises. Il y a des années, lorsque Julian était un bébé, que Vanessa et Virginia réfléchissaient à des noms d'enfants et de personnages de roman, Virginia avait suggéré à Vanessa d'appeler sa future fille Clarissa.

« Bonjour, enfants des fées, les appelle Virginia.

— Nous avons trouvé un oiseau, annonce Angelica. Il est malade.

— Je comprends, répond Virginia.

— Il est vivant, déclare Quentin avec une docte gravité. Je pense que nous parviendrons peut-être à le sauver. »

Vanessa presse la main de Virginia. Oh, pense Virginia, juste avant le thé, c'est la mort qui est là. Que dire, exactement, aux enfants ou à quiconque ?

« Nous pouvons le soulager, dit Vanessa. Mais le moment de mourir est venu pour cet oiseau, nous n'y pouvons rien. »

Et voilà, la couturière rompt le fil. C'est comme ça, les enfants, ni moins, ni plus. Vanessa ne fait pas de peine à ses enfants mais elle ne leur ment pas non plus, même pour les épargner.

« On devrait lui fabriquer une boîte, dit Quentin, et l'emporter dans la maison.

— Je ne crois pas, répond Vanessa. Ce n'est pas un animal apprivoisé, il voudra mourir dehors.

— Nous aurons un enterrement, dit gaiement Angelica. Je chanterai.

— Il vit encore », lui dit Quentin d'un ton sec.

Béni sois-tu, Quentin, pense Virginia. Sera-ce toi qui un jour me tiendras la main et recueilleras mon dernier soupir pendant que tous les autres en secret répéteront les discours qu'ils prononceront à mes funérailles ?

Julian dit : « On devrait lui faire un lit d'herbes. Angie, veux-tu aller en ramasser ?

— Oui, Julian », dit Angelica. Elle se met docilement à arracher des poignées d'herbe.

Julian ; ah, Julian. Y eut-il jamais preuve plus évidente de l'inéquité fondamentale de la nature que Julian, l'aîné de Vanessa, avec ses quinze ans ? Julian est direct et robuste, majestueux ; il possède une élégance musclée, une beauté chevaline si naturelles qu'on en déduit que la beauté est une donnée fondamentale de la condition humaine, et non une mutation du modèle général. Quentin (béni soit-il), malgré son intelligence et son ironie, pourrait déjà, à l'âge de treize ans, être un brave colonel au visage rougeaud de la Royal Cavalry, et Angelica, aux formes parfaites, montre à cinq ans une joliesse laiteuse, une finesse de traits qui certainement ne dureront pas au-delà de sa jeunesse. Julian, l'aîné, est à l'évidence le héros de cette histoire familiale, le dépositaire de ses espoirs les plus ambitieux – qui pourrait blâmer Vanessa de le préférer ?

« Peut-être pourrions-nous aussi cueillir quelques roses ? demande Virginia à Angelica.

— Oui, répond Angelica, encore affairée avec l'herbe. Des jaunes. »

Avant d'emmener Angelica dans la roseraie, Virginia s'attarde un moment, main dans la main avec Vanessa, contemplant les enfants de sa sœur comme s'ils étaient un étang dans lequel elle hésite à plonger. Voilà la vraie réussite, pense Virginia ; voilà ce qui perdurera après que ces frivoles expériences narratives auront été empaquetées avec les vieilles photographies et les robes de fantaisie, les assiettes de porcelaine peintes par grand-mère de délicieux paysages mélancoliques.

Elle libère sa main et va dans le jardin, où elle s'agenouille à côté d'Angelica et l'aide à arranger un nid où la grive pourra mourir. Quentin et Julian se tiennent près d'elles, mais Angelica est visiblement la plus enthousiaste parmi les organisateurs de l'enterrement, celle dont les goûts pour la décoration et le cérémonial doivent être respectés. Angelica tient en quelque sorte le rôle de la veuve.

« Bon, fait Virginia, aidant Angelica à disposer l'herbe en un petit monticule. Elle devrait être bien installée, je crois.

— C'est une femelle ? demande Angelica.

— Oui. Les femelles sont plus grandes et un peu plus ternes.

— Est-ce qu'elle a des œufs ? »

Virginia hésite. « Je ne sais pas. On ne peut pas le savoir, n'est-ce pas ?

— Quand elle sera morte, je chercherai ses œufs.

— Si tu veux. Il y a peut-être un nid quelque part sous le toit.

— Je les trouverai, dit Angelica, et les ferai éclore. »

Quentin rit. « Tu t'assiéras dessus ?

— Non, imbécile ! Je les ferai éclore.

— Ah », dit Quentin, et sans les voir Virginia sait que Julian et Quentin se moquent, en silence, d'Angelica et peut-être d'elle aussi, en sus. Même aujourd'hui, à cette époque avancée, ce sont les mâles qui tiennent la mort entre leurs mains compétentes et rient affectueusement des femelles, qui, elles, arrangent les lits mortuaires et cherchent à sauver in extremis les brins de vie épars dans le paysage, par magie ou par leur simple vouloir.

« C'est fait maintenant, dit Virginia. Tout est prêt pour l'enterrement.

— Non, dit Angelica. Il reste encore les roses.

— Exact », répond Virginia. Elle est sur le point de protester que l'oiseau devrait être d'abord enseveli et les roses disposées ensuite autour de lui. C'est ainsi qu'il faudrait procéder. À son avis, on devrait débattre ce genre de choses avec une petite fille de cinq ans. On le devrait, si Vanessa et les garçons n'étaient pas là à vous observer.

Angelica prend une des roses jaunes qu'elles ont cueillies et la place, avec précaution, au bord du petit tas d'herbes. Elle en rajoute une autre puis une autre jusqu'à ce qu'elle ait composé un cercle irrégulier de boutons de rose, de tiges épineuses et de feuilles.

« C'est joli », dit-elle et, curieusement, il est vrai que c'est joli. Virginia contemple avec un plaisir qui la surprend ce modeste rond d'épines et de fleurs ; ce sauvage lit mortuaire. Elle-même aimerait y reposer.

« Faut-il l'y mettre, maintenant ? » demande-t-elle doucement à Angelica. Virginia se penche vers Angelica comme si elles partageaient un secret. Quelque chose de fort s'écoule entre elles, une complicité qui n'est ni maternelle ni érotique mais contient un peu des deux. Une compréhension s'est établie là. Une forme de compréhension trop vaste pour le langage. Virginia la perçoit, aussi sûrement qu'elle sent le temps qu'il fait sur sa peau mais, quand elle considère avec attention le visage d'Angelica, elle voit dans son regard brillant et indécis qu'elle se lasse déjà de ce jeu. Elle a édifié son décor d'herbes et de roses ; à présent, elle veut se débarrasser de l'oiseau aussi vite que possible et partir à la recherche de son nid.

« Oui », dit Angelica. Déjà, à cinq ans, elle sait feindre un enthousiasme consciencieux pour la tâche entreprise, alors que son seul désir est qu'on l'admire pour son travail et qu'on la laisse tranquille. Quentin s'agenouille, l'oiseau dans ses mains, et avec douceur, une infinie douceur, le dépose sur l'herbe. Oh, si les hommes étaient les brutes et les femmes les anges – si c'était aussi simple. Virginia pense à Leonard en train de lire les épreuves d'un air rembruni, décidé à éradiquer non seulement les erreurs de typographie mais aussi tout ce que les erreurs supposent de médiocrité. Elle pense à Julian, l'été dernier, ramant sur l'Ouse, les manches de sa chemises relevées jusqu'aux coudes, et qui avait donné l'impression que ce jour-là, à ce moment-là, il était soudain un homme et non plus un enfant.

Lorsque Quentin retire sa main, Virginia voit que l'oiseau repose bien calé sur l'herbe, les ailes repliées contre le corps. Elle sait qu'il est mort tout à l'heure, entre les paumes de Quentin. On dirait qu'il a voulu se faire le moins encombrant possible. Son œil, une parfaite perle noire, est ouvert, et ses pattes grises, plus grandes qu'on ne l'eût cru, sont ramassées sur elles-mêmes.

Vanessa apparaît derrière Virginia. « Laissons-le maintenant, dit-elle. Nous avons fait ce que nous pouvions. »

Angelica et Quentin s'éloignent sans se faire prier. Angelica entreprend son circuit autour de la maison, le regard levé vers les avant-toits. Quentin s'essuie les mains sur son chandail et rentre se laver. (Croit-il que l'oiseau a laissé un résidu de mort sur ses mains ? Croit-il que du bon savon anglais et une serviette de la tante Virginia en auront raison ?) Julian reste avec Vanessa et Virginia, il veille encore sur le petit corps.

Il dit : « Angie est tellement excitée par cette histoire de nid qu'elle a oublié de chanter son hymne. »

Vanessa dit : « Serons-nous privés de thé parce que nous sommes arrivés en avance ?

— Non, répond Virginia. Je suis parfaitement capable de préparer le thé sans l'aide de Nelly.

« — Allons-y, dans ce cas », dit Vanessa. Julian et elle tournent les talons et se dirigent vers la maison, la main de Julian glissée dans le creux du coude de sa mère. Avant de les suivre, Virginia s'attarde un peu près de l'oiseau mort dans son cercle de roses. Ce pourrait être une sorte de chapeau. Ce pourrait être le lien qui fait défaut entre un article de mode et la mort.

Elle voudrait s'allonger à sa place. Inutile de le nier, c'est ce qu'elle aimerait. Vanessa et Julian peuvent vaquer à leurs occupations, leur thé et leurs voyages, pendant qu'elle, Virginia, une Virginia de la taille d'un oiseau, une femme anguleuse, de caractère difficile, se métamorphose en un ornement de chapeau ; une idée stupide, peu généreuse.

Clarissa, pense-t-elle, n'est pas l'épouse de la mort, après tout. Clarissa est le lit sur lequel on étend l'épouse.

MRS DALLOWAY

Clarissa dispose dans le vase une douzaine de roses jaunes. Elle l'emporte dans le salon, le pose sur la table basse, se recule et le déplace de quelques dizaines de centimètres sur la gauche. Elle offrira à Richard la plus belle réception qu'elle puisse organiser. Elle essaiera de créer quelque chose d'éphémère, de léger, mais qui sera parfait à sa façon. Elle s'arrangera pour qu'il soit entouré de gens qui le respectent et l'admirent sincèrement (pourquoi a-t-elle invité Walter Hardy, comment a-t-elle pu se montrer aussi stupide ?) ; elle s'assurera qu'il ne se fatigue pas trop. C'est son tribut, son cadeau. Que pourrait-elle lui offrir d'autre ?

Elle s'apprête à regagner la cuisine lorsqu'on sonne à l'Interphone. Qu'est-ce ? Une livraison dont elle ne se souvient plus, sans doute, ou le traiteur qui vient déposer elle ne sait quoi. Elle appuie sur le bouton du haut-parleur.

« Qui est là ?
— Louis. C'est Louis.
— Louis ? Incroyable. »

Clarissa actionne l'ouverture de la porte. Bien sûr que c'est Louis. Personne d'autre, en tout cas pas un New-Yorkais, ne sonnerait à l'improviste, sans avoir téléphoné auparavant. Personne. Elle ouvre la porte et sort dans le couloir avec un sentiment d'impatience inouï, presque étourdissant, une sensation si forte et si particulière, si rarement éprouvée en d'autres circonstances, qu'elle a décidé il y a quelque temps de lui attribuer le nom de Louis. C'est une sensation « à la Louis », un mélange de dévotion et de culpabilité, d'attirance, un soupçon de trac, et un espoir pur et sans tache, comme si chacune des apparitions de Louis était la promesse d'une nouvelle si heureuse qu'on ne peut en prévoir ni la portée ni même la nature exacte.

Puis, un moment plus tard, surgissant à l'angle du hall d'entrée, voilà Louis en personne. Se sont passées, combien ?, cinq années maintenant, mais il est resté le même. La même brosse de cheveux blancs, la même démarche vive et un peu de guingois, les mêmes vêtements sans recherche qui malgré tout lui vont bien. Son ancienne beauté, son port imposant et léonin l'ont déserté avec une surprenante soudaineté il y a presque vingt ans, et le Louis d'aujourd'hui – blanchi, sec et nerveux, plein d'émotions furtives et réfrénées – a surgi devant vous comme un petit bonhomme insignifiant pourrait sauter de la tourelle d'un tank pour annoncer que c'est lui, et non son engin, qui a écrabouillé votre village. Louis, l'ancien objet de désir, a toujours, en réalité, été ce personnage-là : un professeur d'art dramatique, un être inoffensif.

« Bon », dit-il.

Clarissa et lui s'embrassent. Lorsqu'elle s'écarte, Clarissa constate que les yeux gris et myopes de Louis sont humides. Il a toujours eu la larme facile. Clarissa, la plus sentimentale des deux, la plus prompte à s'indigner, ne pleure apparemment jamais, bien qu'elle en ait souvent envie.

« Quand es-tu arrivé ? demande-t-elle.

— Avant-hier. J'étais sorti me promener et je me suis aperçu que je passais dans ta rue.

« — Je suis si heureuse de te revoir.

— Moi aussi, je suis heureux de te revoir, dit Louis, et ses yeux s'emplissent de larmes à nouveau.

— Tu arrives à pic. Nous donnons une réception pour Richard ce soir.

— Vraiment ? En quel honneur ?

— Il a obtenu le Carrouthers. Tu n'en as pas entendu parler ?

— Le quoi ?

— C'est un prix de poésie. Très important. Je suis étonnée que tu ne sois pas au courant.

— Formidable. Félicitations à Richard.

— J'espère que tu viendras. Il sera ravi de te voir.

— Tu crois ?

— Bien sûr. Pourquoi restons-nous là, dans le corridor ? Entre donc. »

Elle a vieilli, pense Louis en suivant Clarissa dans l'appartement (huit marches, un tournant, et encore trois marches). Elle a vieilli, pense Louis très étonné. Cela devait finir par arriver. C'est vraiment remarquable, ces modifications génétiques, la façon dont un corps traverse, foncièrement intact, les décennies, puis en quelques années capitule devant l'âge. Louis s'étonne de se sentir si triste, si peu content, en constatant que l'éternelle jeunesse de Clarissa s'est brusquement enfuie. Combien de fois a-t-il fantasmé à ce propos ? C'est sa revanche, la seule façon de faire jeu égal. Toutes ces années avec Richard, tant d'amour et d'effort, et Richard maintenant passe les dernières années de sa vie à écrire sur une femme qui possède une maison dans la 10e Rue Ouest. Richard publie un roman qui est une méditation exhaustive sur une femme (plus de cinquante pages consacrées à l'achat d'un vernis à ongles, que finalement elle n'achète pas !) et ce vieux Louis W. est relégué au rang de figurant. Louis W. a une scène, relativement courte, dans laquelle il se lamente sur le manque d'amour dans le monde. Voilà le résultat ; voilà la récompense, après plus de douze ans ; après avoir vécu avec Richard dans six appartements différents, l'avoir étreint, baisé à en perdre la raison ; après des milliers de repas pris ensemble ; après le voyage en Italie, et cette heure passée sous l'arbre. Au bout du compte, Louis apparaît, et laissera l'image d'un homme triste qui se lamente sur l'amour.

« Où habites-tu ? demande Clarissa.

— Chez James, au motel à cafards.

— Il y loge toujours ?

— Une partie de son épicerie est encore là. J'ai trouvé un paquet de spaghettis que je me rappelle lui avoir acheté il y a cinq ans. Il a tenté de nier qu'il s'agissait du même, mais il y a un trou dans un coin dont je me souviens parfaitement. »

Louis touche son nez du bout du doigt (à gauche, à droite). Clarissa se tourne face à lui. « Tu as une de ces mines », dit-elle, et ils tombent à nouveau dans les bras l'un de l'autre. Ils s'étreignent pendant une minute entière, ou presque (ses lèvres effleurent l'épaule gauche de Clarissa, et il se déplace pour effleurer également la droite). C'est Clarissa qui s'écarte la première.

« Veux-tu boire quelque chose ? demande-t-elle.

— Non. Oui. Un verre d'eau, peut-être… »

Clarissa va dans la cuisine. Il est toujours aussi impassible, toujours maître de lui. C'est ici qu'a vécu Clarissa, songe Louis, pendant tout ce temps. Elle a vécu dans ces pièces avec son amie (sa compagne, ou quel que soit le terme qu'elles utilisent), partant à son travail et rentrant ensuite à la maison. Elle y a passé des jours entiers, les uns à la suite des autres, assistant à des pièces de théâtre, invitée à des soirées.

Il y a, pense-t-il, si peu d'amour dans ce monde.

Louis fait quatre pas dans le salon. Le revoilà donc ici, dans la grande pièce fraîche avec le jardin, le profond canapé, et les beaux tapis. Il rend Sally responsable de la décoration de l'appartement. C'est l'influence de Sally, le goût de Sally. Sally et Clarissa vivent dans le modèle parfait d'un appartement huppé de West Village ; vous imaginez l'assistant de Machinchose en train de le parcourir, un bloc-notes à la main : fauteuils français en cuir, une croix ; table Stickley, une croix ; murs couleur de lin tapissés de gravures botaniques, une croix ; bibliothèques pleines de trésors rapportés de l'étranger, une croix. Même la présence d'objets plus insolites – la glace dénichée aux puces avec son cadre de coquillages, le coffre sud-américain écaillé orné de sirènes aguicheuses – semble préméditée, comme si le décorateur avait regardé autour de lui et déclaré : « Ce n'est pas encore assez convaincant, il nous faut plus d'objets qui soulignent la vraie personnalité de ces gens. »

Clarissa revient avec deux verres d'eau (gazeuse, avec des glaçons et du citron), et en la voyant Louis retrouve l'atmosphère – une odeur de pin et d'herbe, d'eau légèrement croupie – de Wellfleet trente ans auparavant. Son cœur se dilate. Elle a vieilli mais – comment le nier ? – elle possède toujours cette austère séduction, cette sensualité aristocratique, un peu lesbienne. Elle est toujours aussi mince. Il émane toujours d'elle une curieuse impression de romanesque frustré, et en la voyant aujourd'hui, à cinquante ans passés, dans cette pièce à peine éclairée et d'apparence prospère, Louis songe à des photos de jeunes soldats, des garçons au visage énergique, l'air serein dans leur uniforme ; des garçons morts avant l'âge de vingt ans et qui continuent à vivre, incarnations d'une promesse gâchée, dans des albums de photos ou sur des tables d'appoint, beaux et confiants, indifférents à leur destin, comme les vivants survivent à leur travail et aux courses dans les magasins, ou à des vacances ratées. À ce moment précis, Clarissa évoque pour lui un soldat. Elle semble contempler le monde vieillissant depuis un royaume qui n'existe plus ; elle paraît triste, innocente et invincible comme les morts sur les photographies.

Elle donne un verre d'eau à Louis. « Tu as bonne mine », dit-elle. Les traits de l'homme mûr chez Louis existaient déjà sur son visage plus jeune : le nez busqué et pâle, les yeux étonnés ; les sourcils broussailleux ; le cou puissamment veiné sous un large menton osseux. Il était fait pour être fermier, résistant comme une plante sauvage, marqué par les intempéries, et l'âge a commis en cinquante ans ce que le labour et les moissons auraient accompli en moitié moins.

« Merci, dit Louis.

— On dirait que tu es parti au bout du monde.

— Je suis parti au bout du monde. C'est bon d'être de retour.

— Cinq ans, dit Clarissa. C'est incroyable que tu ne sois pas venu à New York une seule fois. »

Louis avale trois gorgées d'eau. Il est revenu à New York plusieurs fois durant les cinq dernières années, mais il n'a pas fait signe. Bien que n'ayant pas réellement, intentionnellement, décidé d'éviter Clarissa ou Richard, il n'a pas fait signe. Cela semblait plus simple ainsi.

« Je suis revenu pour de bon, dit Louis. J'en ai assez de ces petits boulots d'enseignant, je suis trop vieux et trop chiche ; je suis trop *pauvre*. J'ai l'intention de trouver un job décent.

— Sans blague ?

— Oh, j'ignore quoi. Ne t'inquiète pas, je ne vais pas reprendre mes études pour passer mon MBA, ou je ne sais quoi.

— Je croyais que tu étais amoureux de San Francisco. Je pensais ne jamais te revoir.

130

— Tout le monde s'attend à ce qu'on tombe amoureux de San Francisco. C'est déprimant.

— Louis, Richard est très différent de ce qu'il était.

— Est-ce vraiment horrible ?

— Je veux seulement que tu sois préparé.

— Tu es restée proche de lui pendant toutes ces années.

— Oui. »

Elle est une belle femme ordinaire, décide Louis. Elle est exactement cela, ni plus ni moins. Clarissa s'assied sur le canapé et, après un moment d'hésitation, Louis avance de cinq pas et prend place à côté d'elle.

« Bien entendu, j'ai lu le livre, dit-il.

— Ah oui ?

— C'est un livre bizarre, non ?

— C'est vrai.

— Il a seulement pris la peine de changer ton nom.

— Ce n'est pas moi, dit-elle. C'est une vision par Richard d'une femme qui me ressemble plus ou moins.

— En tout cas, c'est un livre superbizarre.

— C'est ce que tout le monde a l'air de penser.

— On a l'impression qu'il a dix mille pages. Il ne se passe rien. Et, tout d'un coup, *boum*. Elle se suicide.

— C'est sa mère.

— Je *sais*. Mais quand même. Ça vient comme un cheveu sur la soupe.

— Tu t'exprimes comme la plupart des critiques. Ils ont attendu tout ce temps, et pourquoi ? Plus de neuf cents pages de flirt, en réalité, et une mort soudaine à la fin ? Les gens ont dit que c'était merveilleusement écrit. »

Louis détourne son regard. « Ces roses sont ravissantes », fait-il.

Clarissa se penche en avant et déplace un peu le vase sur la gauche. Mon Dieu, pense Louis, elle a dépassé le stade de la femme au foyer. Elle est devenue la mère.

Clarissa éclate de rire. « Regarde ce que je suis devenue, dit-elle. Une vieille maniaque qui arrange ses roses. »

Elle vous surprend toujours de la même façon, en se montrant plus lucide que vous ne le croyez. Louis se demande si elles sont calculées, ces petites démonstrations de connaissance de soi dont elle pimente son rôle d'hôtesse accomplie. Il semble, de temps en temps, qu'elle lise dans vos pensées. Elle vous désarme en disant, essentiellement : Je sais ce que vous pensez et je vous l'accorde, je suis ridicule, je suis beaucoup moins bien que je n'aurais pu l'être, et j'aimerais qu'il en soit autrement, mais je n'y peux rien. Et vous découvrez que vous passez, presque malgré vous, de l'irritation que vous éprouvez envers elle à l'envie de la consoler, de l'aider à tenir son rôle à nouveau afin qu'elle se retrouve à son aise et que vous puissiez à nouveau vous sentir irrité.

« Donc, reprend Louis, Richard est très malade.

— Oui. Physiquement, il n'est plus dans un état aussi désastreux, mais son esprit divague. J'ai peur qu'il ne soit déjà trop atteint pour que les inhibiteurs de protéase aient sur lui un effet tel qu'ils peuvent en avoir sur certains.

— Ce doit être horrible...

— Il est encore lui-même. C'est-à-dire, il y a cette individualité inchangée, cette qualité propre à Richard, qui est toujours là.

— C'est déjà quelque chose.

— Te souviens-tu de la grande dune à Wellfleet ? demande-t-elle.

— Bien sûr.

— Je me disais l'autre jour qu'après ma mort j'aimerais qu'on y disperse mes cendres.

— C'est affreusement morbide, dit Louis.

132

— Mais ce sont des choses auxquelles on pense. Comment s'en empêcher ? »

Clarissa croyait alors, et elle croit encore, la dune de Wellfleet destinée à l'accompagner à jamais. Quoi qu'il arrive, c'est une chose qu'elle aura toujours eue. Elle se sera toujours tenue debout au sommet d'une haute dune en été. Elle aura toujours été jeune et indestructible, un peu pompette, vêtue du pull en coton de Richard, qui a une main familièrement passée autour de son cou tandis que Louis se tient quelque peu à l'écart et regarde les vagues.

« J'étais furieux contre toi, dit Louis. Parfois, j'étais incapable de te regarder.

— Je sais.

— J'ai tenté de faire bonne figure. Je m'efforçais d'être ouvert et libre d'esprit.

— Nous avons tous essayé. Je ne suis pas certaine que l'organisme en soit réellement capable. »

Louis dit : « J'y suis retourné une fois. À la maison. Je ne crois pas te l'avoir dit.

— Non.

— C'était juste avant de partir en Californie. Je faisais partie d'une commission à Boston, un truc débile sur l'avenir du théâtre, une collection de dinosaures pédants qu'ils avaient amenés là pour être la risée des étudiants, et à la fin je me suis senti tellement déprimé que j'ai loué une voiture et suis allé à Wellfleet. Je n'ai eu aucun mal à retrouver la maison.

— Je n'ai pas une envie folle de savoir.

— Elle est toujours là, plus ou moins pareille. Un peu retapée. Elle a été repeinte, tu sais, et on a fait pousser une pelouse, qui a une drôle d'allure au milieu des bois, comme de la moquette. Mais la maison est toujours debout.

— Incroyable », fait Clarissa.

Ils se taisent un moment. C'est presque pire que la maison soit toujours là. C'est pire que le soleil puis la nuit puis encore le soleil aient pénétré et quitté ces pièces jour après jour, que la pluie ait continué à tomber sur ce toit, que tout l'ensemble puisse encore être visité.

Clarissa dit : « Je devrais y aller un jour. J'aimerais grimper sur la dune.

— Si c'est l'endroit où tu voudrais voir disperser tes cendres, en effet, tu devrais y retourner et confirmer ton intention.

— Non, tu as raison, c'était une idée morbide. L'été me fait toujours cet effet. Je n'ai pas la moindre idée de l'endroit où je voudrais qu'on disperse mes cendres. »

Clarissa a soudain envie d'exposer sa vie tout entière à Louis. Elle a envie de la déverser aux pieds de Louis, tous ces moments futiles et colorés qu'on ne peut raconter comme une histoire. Elle veut s'asseoir à côté de lui et fouiller dans le tas.

« Eh bien, dit-elle. Dis-m'en un peu plus sur San Francisco.

— C'est une jolie petite ville avec d'excellents restaurants et où il ne se passe rien. Mes étudiants sont en majorité des imbéciles. Franchement, je reviens à New York dès la première occasion.

— Génial. Ce serait merveilleux de t'avoir ici. »

Clarissa effleure l'épaule de Louis, et on dirait qu'ils vont se lever, sans dire un mot, monter dans la chambre et se déshabiller. Ils entreront dans la chambre et se déshabilleront non comme des amants mais comme des gladiateurs qui ont survécu aux jeux du cirque, qui se retrouvent sanglants et blessés mais miraculeusement en vie, alors que tous les autres sont morts. Avec une grimace douloureuse ils dégraferont leurs plastrons et leurs jambières. Ils se regarderont avec tendresse, avec respect ; ils s'enlaceront doucement tandis que New York ferraillera au-dehors ; tandis que Richard dans son fauteuil écoutera ses voix et que Sally déjeune en ville avec Oliver St. Ives.

Louis repose son verre, le reprend, le pose à nouveau. Il tapote du pied sur le tapis, à trois reprises.

« C'est un peu compliqué, malgré tout, dit-il. Tu comprends, je suis tombé amoureux.

— Sans blague ?

— Il s'appelle Hunter. Hunter Craydon.

— Hunter Craydon. Très bien.

— C'était un de mes étudiants l'an dernier », ajoute Louis.

Clarissa s'incline en arrière, soupire avec impatience. Ce sera le quatrième, du moins de ceux dont elle a entendu parler. Elle aimerait agripper Louis et lui dire : Tu dois vieillir mieux que ça. Je ne supporte pas que tu aies une opinion aussi haute de toi-même et que tu offres le tout à un garçon sous prétexte qu'il est jeune et beau.

« C'est probablement l'étudiant le plus doué que j'aie jamais eu, dit Louis. Il a écrit des choses remarquables sur le fait de grandir blanc et gay en Afrique du Sud. Incroyablement fortes.

— Ah », fait Clarissa. Elle ne trouve rien d'autre à dire. Elle est navrée pour Louis, vraiment agacée, et pourtant, pense-t-elle, Louis est amoureux. Il est amoureux d'un jeune homme. Il a cinquante-trois ans et il a encore tout ça devant lui : le sexe et les querelles ridicules, et l'angoisse.

« Il est stupéfiant », dit Louis. À son plus grand étonnement, il se met à pleurer. Les larmes naissent soudain, par une brûlure au fond des yeux et un trouble de la vision. Ces accès d'émotion s'emparent sans cesse de lui. Une chanson peut les déclencher ; même la vue d'un vieux chien. Ils passent. Ils passent, en général. Cette fois-ci, cependant, les larmes débordent de ses yeux avant même qu'il en prenne conscience, et une partie de lui-même (celle qui compte les pas, les gorgées, les applaudissements) se dit in petto : Tiens, il pleure, comme c'est étrange. Louis se penche en avant, enfouit son visage dans ses mains. Il sanglote.

La vérité est qu'il n'aime pas Hunter et que Hunter ne l'aime pas. Ils ont une liaison, rien qu'une liaison. Il lui arrive de ne pas penser à lui pendant plusieurs heures d'affilée. Hunter a d'autres amants, un avenir organisé, et quand on l'y accule Louis admet en privé qu'il ne regrettera pas énormément le rire strident de Hunter, ses dents de devant ébréchées, ses silences maussades.

Il y a si peu d'amour dans ce monde.

Clarissa masse le dos de Louis avec le plat de la main. Qu'a dit Sally ? Nous ne nous faisons jamais de scène. C'était à un dîner, il y a un an ou davantage. On avait servi du poisson, d'épais médaillons nappés de sauce jaune vif (tout, à cette époque, semblait baigner dans des sauces colorées). Nous ne nous faisons jamais de scène, c'est vrai. Elles se chamaillent, boudent, mais n'explosent jamais, ne hurlent ni ne pleurent, ne cassent jamais d'assiettes. Elles donnent l'impression de n'avoir pas *encore* commencé à se disputer ; d'être encore trop novices pour entamer la guerre ; qu'un univers inexploré s'ouvrira devant elles après les premiers pourparlers et qu'elles se sentiront suffisamment sûres l'une de l'autre pour ouvrir les hostilités. Mais qu'est-ce qu'elle raconte ? Sally et elle vont bientôt célébrer leurs dix-huit années de vie commune. Elles forment un couple qui ne se dispute pas.

Tandis qu'elle masse le dos de Louis, Clarissa pense : Emmène-moi avec toi. J'ai envie de vivre un amour tragique. Je veux des rues dans la nuit, du vent et de la pluie, et que personne ne demande où je suis.

« Excuse-moi, dit Louis.

— Ce n'est rien. Bon sang, pense à tout ce qui est arrivé.

— Je me sens tellement grotesque. » Il se lève et va jusqu'à la porte-fenêtre (sept pas). À travers ses larmes, il distingue la mousse dans les bacs de pierre, la vasque de bronze emplie d'eau claire où flotte une plume blanche. Il ne saurait dire pourquoi il pleure. Il est de retour à New York. Peut-être pleure-t-il à cause de cet étrange jardin, de la maladie de Richard (pourquoi Louis a-t-il été épargné ?), de cette pièce où il se tient avec Clarissa, de tout. Peut-être pleure-t-il un Hunter qui n'est pas dans la réalité le véritable Hunter. Cet autre Hunter a une grandeur farouche et tragique, une véritable intelligence, un esprit modeste. C'est sur lui que pleure Louis.

Clarissa comprend. « Ce n'est rien, répète-t-elle.

— Grotesque, murmure Louis. Grotesque. »

Une clé tourne dans la porte d'entrée. « Voilà Julia, dit Clarissa.

— Merde.

— Ne t'inquiète pas. Elle a vu des hommes pleurer. »

C'est sa maudite fille. Louis se redresse, s'écarte du bras de Clarissa. Il continue de contempler le jardin, s'efforce de maîtriser l'expression de son visage. Il pense à la mousse. Il pense aux fontaines. Il éprouve soudain un intérêt sincère pour la mousse et les fontaines.

C'est tout de même étrange, dit la voix. Pourquoi pense-t-il à des choses pareilles ?

« Bonjour », fait Julia derrière lui. Pas « Salut ». Elle a toujours été une petite fille sérieuse, intelligente mais pas comme les autres, trop grande, pleine de tics et de bizarreries.

« Salut, chérie, dit Clarissa. Tu te souviens de Louis, n'est-ce pas ? »

Louis se tourne vers elle. Bon, elle va voir qu'il a pleuré. Et puis merde.

« Bien sûr », répond Julia. Elle s'avance vers lui, tend la main.

Elle a dix-huit ans maintenant, peut-être dix-neuf. Elle est stupéfiante, si changée que Louis craint de se remettre à pleurer. La dernière fois qu'il l'a vue, elle avait environ treize ans, était mollassonne et trop grosse, mal dans sa peau. Elle n'est pas belle, ne sera jamais belle, mais elle a hérité de la prestance de sa mère, de sa radieuse assurance. Elle est majestueuse et sûre d'elle comme l'est un jeune athlète, le crâne presque rasé, le teint rose.

« Julia, dit-il. Je suis content de te revoir. »

Elle lui prend fermement la main. Elle arbore un mince anneau d'argent dans une narine. Elle est rayonnante et forte, éclatante de santé, l'image idéalisée de la paysanne irlandaise qui rentre des champs. Elle tient sans doute de son père (Louis s'est fait tout un cinéma à son sujet, il l'a imaginé sous les traits d'un beau blond athlétique, fauché, un acteur ou un peintre peut-être, un amant, un criminel, un garçon désespéré, réduit à vendre ses fluides, le sang à la banque du sang, le sperme à la banque du sperme). Il était probablement très grand, se dit Louis, taillé à coups de serpe, la personnification du mythe celtique, à voir aujourd'hui Julia qui, même en short et débardeur, avec ses chaussures militaires noires, semble faite pour porter une gerbe d'orge sous un bras et un agneau nouveau-né sous l'autre.

« Bonjour, Louis », dit-elle. Elle lui tient la main sans la secouer. Bien sûr, elle sait qu'il vient de pleurer. Elle n'a pas l'air très surprise. Que lui a-t-on dit sur lui ?

« Je dois partir », annonce-t-il.

Elle hoche la tête. « Pour combien de temps êtes-vous ici ? demande-t-elle.

— Quelques jours à peine. Mais je compte revenir définitivement. Je suis content de t'avoir revue. À bientôt, Clarissa.

— À cinq heures, dit Clarissa.

— Comment ?

— La soirée. C'est à cinq heures. Viens, je t'en prie.

— Bien sûr, je viendrai. »

Julia dit : « Au revoir, Louis. »

C'est une belle jeune fille de dix-neuf ans qui dit bonjour et au revoir, pas salut ou ciao. Elle a des dents inhabituellement petites et très blanches.

« Au revoir.

— Tu viendras, n'est-ce pas ? dit Clarissa. Promets-moi que tu viendras.

— Promis. Au revoir. » Il sort seul de l'appartement, l'œil encore humide ; furieux contre Clarissa ; vaguement, absurdement amoureux de Julia (lui qui n'a jamais été attiré par les femmes, jamais – il frissonne encore, après toutes ces années, au souvenir de sa tentative éperdue et malheureuse avec Clarissa, à seule fin de garder Richard). Il s'imagine qu'il s'échappe avec Julia hors de ce redoutable et élégant appartement ; qu'il s'enfuit loin de ces murs couleur de lin et des gravures botaniques, loin de Clarissa et de ses verres d'eau gazeuse avec des rondelles de citron. Il longe le corridor plongé dans la pénombre (vingt-trois pas), franchit la porte qui donne dans le vestibule, puis celle qui ouvre sur l'extérieur, sur la 10e Rue Ouest. Le soleil lui explose comme un flash à la figure. Il se mêle, avec un sentiment de gratitude, au commun des mortels : un homme avec un visage de fouine qui promène deux teckels, un autre bedonnant qui transpire avec majesté dans un costume bleu foncé, une femme chauve (la mode ou la chimiothérapie ?) appuyée contre l'immeuble de Clarissa, une cigarette aux lèvres, et dont le visage ressemble à une meurtrissure récente. Louis reviendra vivre ici, dans cette ville : il habitera un appartement dans West Village, viendra s'asseoir l'après-midi au « Dante » avec un espresso et une cigarette. Il n'est pas vieux, pas encore. L'avant-veille, dans la nuit, il a arrêté sa voiture au milieu du désert de l'Arizona et s'est attardé sous les étoiles jusqu'à ce qu'il sente la présence de son âme, ou appelez ça comme vous voulez ; la part permanente de lui-même qui avait été un enfant et se tenait maintenant debout – à peine un peu plus tard, semblait-il – dans le silence du désert sous les constellations. Il se penche avec une tendresse émue sur lui-même, sur le jeune Louis Waters, qui a passé sa jeunesse à tenter de vivre avec Richard, qui s'est senti tantôt flatté, tantôt exaspéré par l'inépuisable culte de Richard pour ses bras et son cul, et qui a fini par laisser tomber Richard, pour toujours, après une dispute dans la gare de Rome (était-ce précisément à propos de la lettre que Richard avait reçue de Clarissa, ou plus générale-ment parce que Louis s'était lassé d'être le membre le plus idolâtré, le moins brillant ?). Ce Louis-là, vingt-huit ans à peine, mais convaincu d'avoir atteint un âge avancé et raté toutes ses chances, avait tourné le dos à Richard et était monté dans le premier train venu. La décision à l'époque lui avait paru théâtrale mais tempo-raire, et tandis que le train filait vers Madrid (le contrô-leur l'avait informé, d'un ton outré, de sa destination), il s'était senti étrangement, presque surnaturellement heureux. Il s'était senti libre. À présent, il se rappelle à peine ses journées désœuvrées à Madrid ; il se souvient à peine de l'Italien (s'appelait-il Franco ?) qui l'avait convaincu de renoncer à son désir chimérique d'aimer Richard, à la faveur d'autres passions plus faciles. Ce dont il se souvient avec une parfaite clarté, c'est le temps passé dans un train roulant vers Madrid, empli d'un bonheur qu'il imaginait réservé aux seuls purs esprits, libérés de leurs enveloppes terrestres mais encore en possession de leur moi profond. Il marche vers l'est et University Street (soixante dix-sept pas jusqu'à l'angle). Il attend pour traverser.

MRS BROWN

Au volant de sa Chevrolet sur la Pasadena Freeway, au milieu des collines encore marquées ici et là par les incendies de l'an passé, elle a l'impression de faire un rêve ou, plus exactement, de se remémorer un trajet accompli dans un rêve très ancien. Tout ce qu'elle voit lui paraît épinglé à cette journée comme des papillons naturalisés sont piqués sur une planche. Il y a les versants noircis des collines parsemés de maisons au crépi pastel qui ont été épargnées par les flammes. Il y a le ciel brumeux, d'un blanc bleuté. Laura conduit bien, ni trop vite ni trop lentement, regardant avec attention dans son rétroviseur. Elle est une femme au volant d'une voiture qui rêve qu'elle est dans une voiture.

Elle a déposé son fils chez Mrs Latch, à côté dans la rue. Elle a prétendu qu'elle devait faire une course de dernière minute pour l'anniversaire de son mari.

Elle a été prise de panique – elle suppose que « panique » est le mot qui convient. Elle a essayé de s'allonger quelques minutes pendant la sieste de son fils ; elle essayé de lire un peu, mais sans pouvoir se concentrer. Elle est restée sur son lit le livre à la main, se sentant vidée, épuisée par l'enfant, par le gâteau, par le baiser. Tout s'est plus ou moins réduit à ces trois éléments. Étendue sur le grand lit avec les rideaux tirés et la lampe de chevet allumée, s'efforçant de lire, elle s'est demandé : Est-ce cela, devenir folle ? Elle n'avait jamais envisagé les choses de cette façon – quand elle se représentait quelqu'un (une femme dans son genre) en train de perdre l'esprit, elle imaginait des cris et des gémissements, des hallucinations –, mais tout à l'heure il lui avait paru évident qu'il existait une autre forme de folie, beaucoup plus calme ; une forme plus sourde et désespérée, morne, à tel point qu'une émotion aussi forte que le chagrin eût été un soulagement.

La voilà donc seule pour quelques heures. Elle n'a pas agi de manière irresponsable. Elle s'est assurée que l'on prendrait soin de son fils. Elle a confectionné un nouveau gâteau, sorti les steaks du congélateur, épluché les haricots. Ces tâches accomplies, elle s'est accordé l'autorisation de partir. Elle sera rentrée à temps pour préparer le dîner, nourrir le chien de Kitty. Mais maintenant, en ce moment même, elle va quelque part (où ?) pour être seule, libérée de son enfant, de sa maison, de la petite fête qu'elle donnera ce soir. Elle a emporté son portefeuille et son exemplaire de *Mrs Dalloway*. Elle a enfilé des bas, une blouse et une jupe : elle porte ses boucles d'oreilles préférées, deux petits disques de cuivre. Elle se sent confusément, bêtement, satisfaite de sa tenue, et de la propreté de sa voiture. Une petite corbeille à papier bleu foncé, vide, repose entre les deux sièges comme une selle sur le dos d'un cheval. C'est ridicule, elle le sait, cependant cet ordre la réconforte. Elle est au volant de sa voiture, impeccable et bien habillée.

À la maison, le nouveau gâteau repose sous un couvercle d'aluminium muni d'une poignée de bois en forme d'épi de maïs. Il est plus réussi que le premier. Il a eu droit à deux couches de glaçage, et pas une miette n'apparaît à la surface (elle a consulté un deuxième livre de cuisine, et appris que les pâtissiers appellent le premier nappage la « couche des miettes », et qu'il faut toujours appliquer une seconde couche). Sur le gâteau est inscrit : « Bon Anniversaire Dan », en jolies lettres blanches, suffisamment éloignées des boutons de roses jaunes ; c'est un beau gâteau, parfait à sa manière, et cependant il n'est pas encore au goût de Laura. Il fleure l'amateurisme, le « fait à la maison » ; il a quelque chose qui cloche. Le « A » d'Anniversaire n'est pas comme elle l'aurait souhaité, et deux des roses sont de travers.

Elle effleure ses lèvres, où s'est brièvement posé le baiser de Kitty. Elle ne se préoccupe pas tant du baiser, de ce qu'il implique et n'implique pas, si ce n'est qu'il donne à Kitty un avantage. L'amour est profond, mystérieux – qui voudrait en comprendre tous les aspects ? Laura désire Kitty. Elle désire sa force, son désenchantement enjoué, les reflets changeants de son moi secret, la masse mousseuse et vigoureuse de ses cheveux. Laura désire aussi Dan, d'un amour plus sombre et moins raffiné ; un amour habité plus obscurément de cruauté et de honte. Il s'agit néanmoins de désir, un désir aigu comme un éclat d'os. Elle peut embrasser Kitty dans la cuisine et en même temps aimer son mari. Elle peut anticiper le plaisir trouble que lui procurent les lèvres et les doigts de son mari (désire-t-elle son désir ?) et malgré tout rêver d'embrasser à nouveau Kitty un jour, dans une cuisine ou à la plage, pendant que les enfants s'ébrouent dans les vagues, dans un couloir alors qu'elles ont les bras chargés de serviettes pliées et rient doucement, excitées, impuissantes, amoureuses de leur audace sinon l'une de l'autre, disant *Chuuuut*, se séparant à la hâte, poursuivant leur chemin.

Ce que Laura regrette, ce qui lui est insupportable, c'est le gâteau. Il la tracasse, mais elle ne peut le renier. Ce n'est rien de plus que de la farine, du sucre et des œufs – l'attrait d'un gâteau réside en partie dans ses inévitables imperfections. Elle le sait ; bien sûr qu'elle le sait. Seulement elle avait espéré créer quelque chose de plus beau, de plus important, que ce qu'elle a réalisé, même avec sa surface lisse et son inscription bien centrée. Elle caresse (il lui faut l'admettre) un rêve de gâteau qui se manifesterait sous la forme d'un gâteau réel ; un gâteau qui serait une véritable source de réconfort, de générosité. Elle voudrait avoir confectionné un gâteau qui chasse les chagrins, même momentanément. Elle voudrait avoir créé quelque chose de merveilleux ; qui semblerait merveilleux même à ceux qui ne l'aiment pas.

Elle a échoué. Elle aimerait ne pas y accorder d'importance. Il y a quelque chose d'anormal chez elle, se dit-elle.

Elle s'engage dans la file de gauche, appuie sur l'accélérateur. Là, en ce moment précis, elle pourrait être n'importe qui, allant n'importe où. Le réservoir est plein, elle a de l'argent dans son portefeuille. Durant une ou deux heures, elle peut aller où elle veut. Ensuite, les alarmes se déclencheront. Vers cinq heures, Mrs Latch commencera à s'inquiéter, et à six heures au plus tard elle se mettra à téléphoner. À cette heure tardive, Laura devra fournir des explications, mais pendant au moins deux heures, elle est libre — une femme dans une voiture, rien d'autre.

En haut de la côte de Chavez Ravine, quand apparaissent les tours embrumées du centre-ville, elle doit faire un choix. Jusqu'à présent, elle s'est contentée, plus ou moins, de prendre la direction du centre de Los Angeles, mais maintenant le voilà devant elle – les vieux bâtiments solides et trapus, les squelettes des plus récents, plus hauts, en construction –, le tout baigné de la lumière aveuglante du jour, qui semble émaner moins du ciel vers la terre que de l'éther seul, comme si d'invisibles particules dans l'atmosphère émettaient constamment une phosphorescence vaporeuse. La ville est là, et Laura peut soit y pénétrer, en suivant la file de gauche, soit passer sur la file de droite et la contourner. Dans ce cas, si elle continue simplement à rouler, elle entrera dans la vaste étendue d'usines et d'habitations basses qui ceignent Los Angeles sur des centaines de kilomètres dans toutes les directions. Elle pourrait prendre sur la droite, et se retrouver à Beverly Hills, ou sur la plage de Santa Monica, mais elle n'a pas envie de faire du shopping, et elle n'a rien emporté pour la plage. Curieusement, il y a peu d'endroits où aller dans cet immense paysage brillant et enfumé, et ce qu'elle recherche – un lieu retiré, silencieux, où elle puisse lire, où elle puisse réfléchir – est plutôt rare. Si elle va dans un magasin ou un restaurant, elle devra jouer la comédie – elle devra feindre de désirer ceci ou cela qui en aucune façon ne l'intéresse. Il lui faudra se déplacer selon les règles établies ; examiner la marchandise et refuser l'aide qu'on lui proposera, ou s'asseoir à une table, commander quelque chose, consommer, et s'en aller. Si elle gare simplement sa voiture quelque part et reste assise là, femme seule, elle sera à la merci de criminels et de ceux qui voudront la protéger des criminels. Elle sera trop en vue ; elle aura l'air trop insolite.

Même une bibliothèque lui paraît un endroit trop public, autant qu'un parc.

Elle engage sa voiture dans la voie de gauche et pénètre dans la ville. Il semble qu'elle soit parvenue à cette décision presque naturellement, comme si en allant à gauche elle choisissait une voie qui l'attendait aussi concrètement que Figueroa Street, avec ses vitrines et ses trottoirs ombragés. Elle prendra une chambre d'hôtel. Elle dira (bien sûr) qu'elle compte rester toute la nuit, que son mari la rejoindra bientôt. Tant qu'elle règle la chambre, qu'y a-t-il de répréhensible à ne l'utiliser que deux heures ?

Le geste paraît tellement extravagant, tellement osé que le seul fait de l'envisager lui donne le vertige et la rend nerveuse comme une jeune fille. Oui, c'est jeter l'argent par les fenêtres – une chambre d'hôtel pour une nuit entière, quand elle veut seulement s'asseoir et lire pendant deux heures –, mais ils ne sont pas à court d'argent en ce moment, et elle gère le ménage avec une certaine économie. Combien coûte une chambre, d'ailleurs ? Sans doute pas si cher.

Il eût été, c'est certain, plus raisonnable de choisir un endroit bon marché – un motel à l'entrée de la ville –, mais elle ne peut s'y résoudre. Cela aurait un aspect trop illicite, trop sordide. Le réceptionniste pourrait même la considérer comme une sorte de professionnelle, lui poser des questions. Elle n'a pas l'expérience des motels de cette catégorie, ils impliquent un code de conduite qui lui est totalement étranger, aussi se dirige-t-elle vers le « Normandy », une vaste bâtisse blanche à quelques blocs de là. Le « Normandy » est spacieux, propre, sans caractère particulier. Il est disposé en V – deux ailes blanches de dix étages enserrant un jardin bien entretenu, avec une fontaine. Sous une apparence de respectabilité aseptisée, c'est un hôtel destiné aux hommes d'affaires, aux touristes, à des gens dont la présence n'évoque même pas un soupçon de mystère. Laura arrête sa voiture sous une marquise métallique où le nom de l'hôtel s'inscrit en hautes lettres chromées rectangulaires. Bien qu'on soit en plein jour, la lumière à l'abri de la marquise a une qualité presque nocturne, un éclat lunaire ; une clarté chauffée à blanc. Les aloès en pot qui flanquent les portes de verre fumé semblent étonnés de se trouver là.

Laura confie son véhicule au voiturier, prend le ticket qui lui permettra de le récupérer et franchit les lourdes portes vitrées. Le hall est silencieux et frais. Une sonnette lointaine retentit, claire et déterminée. Laura

146

est à la fois réconfortée et désorientée. Elle foule l'épaisse moquette bleue jusqu'au comptoir de la réception. Cet hôtel, ce hall, c'est précisément ce qu'elle recherche – la froideur impersonnelle, l'absence totale d'odeur, les allées et venues, rapides et indifférentes. Elle a l'impression immédiate de faire partie des lieux. Si fonctionnels, si neutres. Et, cependant, elle est là sous un faux prétexte, pour ne pas dire inexplicable – elle est là, confusément, pour échapper à un gâteau. Elle a l'intention de dire à l'employé que son mari a un retard imprévu et qu'il arrivera avec leurs bagages dans une heure environ. Elle n'a jamais menti de cette manière auparavant, pas à quelqu'un d'inconnu ou qu'elle n'aimait pas.

La réservation à la réception se révèle très facile. Le concierge, un homme de son âge, la voix douce et ténue et la peau abîmée, non seulement ne soupçonne rien mais n'envisage même pas la possibilité d'un soupçon. Quand Laura demande : « Avez-vous une chambre disponible ? », il répond simplement, sans une hésitation : « Certainement. Désirez-vous une chambre simple ou double ?

— Double, répond-elle, Pour mon mari et moi. Il arrive avec les bagages. »

L'employé jette un regard derrière elle, cherchant un homme chargé de valises. Le visage de Laura s'empourpre, mais elle ne se trouble pas.

« En réalité, il devrait arriver dans une heure ou deux. Il a été retardé, et m'a envoyée à l'avance. Pour vérifier s'il y avait de la place. »

Elle pose une main sur le comptoir de granit noir pour garder son aplomb. Son histoire est totalement invraisemblable. Si son mari et elle voyagent ensemble, pourquoi ont-ils deux voitures ? Pourquoi ne pas avoir téléphoné ?

Toutefois, l'homme ne sourcille pas. « Je n'ai de chambres libres qu'aux étages inférieurs. Cela vous conviendra-t-il ?

— Oui, c'est parfait. Ce n'est que pour une nuit.

— Très bien, dans ce cas. Voyons. Chambre 19. »

Laura signe la fiche d'inscription de son nom (un nom d'emprunt serait trop bizarre, trop sordide), paie tout de suite. (« Nous partirons peut-être très tôt dans la matinée, nous serons pressés. J'aime autant tout régler d'avance. ») Elle prend la clé qu'on lui remet.

Quand elle s'éloigne du comptoir, elle a du mal à croire qu'elle a atteint son but. Elle a la clé, elle a franchi le portique du hall. Au fond, les portes des ascenseurs sont en bronze martelé, chacune surmontée d'une barre de chiffres d'un rouge étincelant, et pour les atteindre elle passe devant des coins aménagés de canapés et de fauteuils, tous vides ; la verdure des palmiers miniatures assoupis dans leurs pots ; et, derrière une vitre, la grotte écartée d'un café-drugstore où des hommes solitaires en costume trois-pièces lisent le journal au comptoir, où une vieille serveuse aux cheveux rouges dans son uniforme rose pâle dit apparemment quelque chose de drôle à la cantonade, et où un gros gâteau au citron, digne d'un dessin animé et dont il manque deux tranches, trône sur un piédestal sous une cloche de plastique transparent.

Laura appelle l'ascenseur, appuie sur le bouton de son étage. Derrière un panneau vitré fixé à la paroi de la cabine est affichée une photo d'œufs Benedict que l'on peut commander au restaurant de l'hôtel jusqu'à deux heures de l'après-midi. Elle regarde la photo, pense qu'il est trop tard pour commander les œufs. Cela fait si longtemps qu'elle est nerveuse, et sa nervosité ne s'est pas dissipée, mais elle est soudain d'une nature différente. Tout comme la colère et l'insatisfaction qui l'habitent, elle réside ailleurs. La décision de prendre une chambre dans cet hôtel, de monter dans l'ascenseur, l'a semble-t-il soutenue, comme la morphine vient à l'aide d'un cancéreux, non pas en supprimant la douleur mais parce que, grâce à elle, la douleur ne compte plus. Un peu comme si elle était accompagnée d'une sœur invisible, une femme mauvaise, pleine de rage et de récriminations, une femme prompte à s'humilier, et c'est cette femme, cette sœur malheureuse, et non Laura, qui a besoin de réconfort et de silence. Laura pourrait être une infirmière qui soulage la douleur d'une autre.

Elle sort de l'ascenseur, longe tranquillement le corridor, introduit la clé dans la serrure de la chambre 19.

Voilà donc sa chambre : une chambre turquoise, sans rien de remarquable ou d'inhabituel, avec une courtepointe turquoise sur le lit double et un tableau (Paris, au printemps) dans un cadre de bois blond. La pièce sent l'alcool et le pitchpin, le détergent, le savon parfumé, le tout recouvrant quelque chose qui n'a rien de rance, ni même de renfermé, qui n'est pourtant pas une odeur de propreté. C'est, décide-t-elle, une odeur défraîchie. L'odeur d'un endroit qui a été mille fois utilisé.

Elle va à la fenêtre, entrouvre les voilages blancs, relève le store. En contrebas se trouve l'esplanade en V, avec ses fontaines et ses massifs de roses riquiqui, ses bancs de pierre déserts. À nouveau, Laura a l'impression de pénétrer dans un rêve – un rêve dans lequel elle contemple ce jardin insolite, inhabité, à deux heures passées de l'après-midi. Elle se détourne de la fenêtre. Elle ôte ses chaussures. Elle pose son exemplaire de *Mrs Dalloway* sur le dessus vitré de la table de chevet et s'allonge sur le lit. La chambre est pleine de ce silence particulier qui règne dans les hôtels, un silence entretenu, artificiel, sur un fond de craquements et de gargouillis, de roulements feutrés.

Elle est si loin de sa vie. Tout a été si facile.

On dirait presque qu'elle a quitté son univers pour entrer dans le monde du livre. Certes, rien n'est plus éloigné du Londres de Mrs Dalloway que cette chambre d'hôtel turquoise, et cependant elle imagine que Virginia Woolf elle-même, la femme noyée, le génie, pourrait dans la mort habiter pareil endroit. Elle rit, doucement, en secret. Dieu fasse, prie-t-elle intérieurement, que le ciel soit plus agréable que cette chambre du « Normandy ». Le ciel est certainement mieux meublé, il est sans doute plus resplendissant et plus riche, mais il contient peut-être un peu de cette sensation d'isolement, d'absence à l'intérieur d'un monde qui continue sa course. D'avoir cette pièce pour elle toute seule lui paraît en même temps convenable et scandaleux. Elle est en sécurité, ici. Elle pourrait y faire tout ce qu'elle veut, absolument tout. Elle ressemble en quelque sorte à une jeune mariée, allongée dans ses appartements, attendant… non pas son mari, ni un autre homme. Quelqu'un. Quelque chose.

Elle tend la main vers son livre. Elle a marqué sa page avec un signet d'argent que lui a offert Dan pour son anniversaire, il y a longtemps. (« Pour ma dévoreuse de livres, avec amour. »)

Avec un sentiment d'intense et allègre libération, elle commence à lire.

Elle se rappelait avoir un jour jeté un shilling dans la Serpentine. Mais des souvenirs, tout le monde en a. Ce qu'elle aimait, c'était ce qu'elle avait sous les yeux, ici, maintenant ; la grosse dame dans le taxi. Cela avait-il la moindre importance, se demandait-elle en se dirigeant vers Bond Street, cela avait-il la moindre importance qu'elle dût un jour, inévitablement, cesser d'exister pour de bon ; le fait que tout ceci continuerait sans elle : en souffrait-elle ; ou n'était-ce pas plutôt une pensée consolante de se dire que la mort était la fin des fins ; mais que pourtant, en un sens, dans les rues de Londres, dans le flux et le reflux, ici et là, elle survivrait, Peter survivrait, ils vivraient l'un dans l'autre, elle survivrait, elle en était convaincue, dans les arbres de chez elle ; dans la maison, si laide, si délabrée qu'elle fût ; dans des gens qu'elle n'avait jamais connus ; elle s'étendrait comme une brume entre les gens qu'elle connaissait le mieux, qui la soulèveraient sur leurs branches comme elle avait vu les arbres soulever la brume, mais cela s'étendait loin, si loin, sa vie, elle-même. À quoi rêvait-elle tout en regardant la vitrine de Hatchard's ? Que s'efforçait-elle de retrouver ? Quelle image d'une aube blanche à la campagne, tandis qu'elle lisait dans le livre grand ouvert :

Ne crains plus la chaleur du soleil
Ni les fureurs de l'hiver déchaîné.

Il est possible de mourir. Laura pense soudain qu'elle peut – que n'importe qui peut – faire un tel choix. C'est une idée insensée, vertigineuse, quelque peu désincarnée, qui se profile dans son esprit, faiblement mais distinctement, comme le lointain grésillement d'une voix à la radio. Elle pourrait décider de mourir. C'est une notion abstraite, tremblotante, pas vraiment morbide. Les chambres d'hôtel sont des lieux où les gens accomplissent ce genre de choses, n'est-ce pas ? Il est possible – cela n'aurait rien d'invraisemblable – que quelqu'un ait mis fin à ses jours ici même, dans cette pièce, sur ce lit. Quelqu'un a dit : Ça suffit, j'arrête ; quelqu'un a regardé une dernière fois ces murs blancs, ce plafond blanc et lisse. En allant dans un hôtel, c'est évident, vous laissez derrière vous les détails de votre vie et pénétrez dans une zone neutre, une chambre immaculée, où mourir n'est pas si étrange.

Ce pourrait être un immense apaisement, se dit-elle ; une telle libération : de simplement partir. De dire à tous : Je n'y arrivais pas, vous n'en aviez pas idée ; je ne voulais plus continuer. Il y aurait là une beauté effrayante, comme une banquise ou un désert au petit matin. Elle pourrait, ainsi, pénétrer dans cet autre paysage ; elle pourrait les laisser tous derrière – son enfant, son mari et Kitty, ses parents, tout le monde –, dans cet univers ravagé (il ne retrouvera jamais son unité, il ne sera jamais tout à fait pur), à se dire l'un à l'autre, à dire à ceux qui poseraient la question : Nous pensions qu'elle allait bien, nous pensions que ses chagrins étaient des peines ordinaires. Nous n'avions pas compris.

Elle caresse son ventre. Je ne pourrais jamais. Elle prononce les mots à voix haute dans la chambre silencieuse : « Je ne pourrais jamais. » Elle aime la vie, elle l'aime éperdument, du moins à certains moments ; et elle tuerait son fils en même temps. Elle tuerait son fils et son mari, et l'autre enfant, qui grandit en elle. Comment s'en remettraient-ils ? Rien de ce qu'elle pourrait faire dans sa vie d'épouse ou de mère, rien, aucune défaillance, aucune crise de rage ou de dépression ne serait comparable à un tel geste. Ce serait tout bonnement atroce. Cela creuserait un trou dans l'atmosphère, à travers lequel tout ce qu'elle a créé – les journées bien ordonnées, les fenêtres éclairées, la table mise pour le dîner – serait à jamais englouti.

Pourtant, elle est contente de savoir (car d'une certaine manière elle sait) qu'il est possible de cesser de vivre. Il est consolant d'être confrontée à la totalité des options ; de considérer tous les choix possibles, sans crainte et sans artifice. Elle imagine Virginia Woolf, virginale, l'esprit égaré, vaincue par les impossibles demandes de la vie et de l'art ; elle l'imagine entrant dans la rivière, une pierre dans sa poche. Laura continue à caresser son ventre. Ce serait aussi simple, pense-t-elle, que de prendre une chambre dans un hôtel. Aussi simple que ça.

MRS WOOLF

Elle est assise dans la cuisine avec Vanessa, en train de boire son thé.

« Il y avait un manteau exquis pour Angelica chez Harrods, dit Vanessa. Mais rien pour les garçons, et c'était tellement injuste. Je crois que je vais lui offrir le manteau pour son anniversaire, mais, bien entendu, elle sera furieuse car elle pense que le manteau lui revient de plein droit de toute façon, et ne doit pas être assimilé à un cadeau. »

Virginia hoche la tête. En ce moment, elle semble incapable de parler. Il y a des myriades de choses dans le monde. Il y a les manteaux chez Harrods ; il y a les enfants qui seront furieux et déçus quoi qu'on fasse. Il y a la main potelée de Vanessa sur sa tasse et la grive dans le jardin, si belle sur son bûcher ; si semblable à l'ornement d'un chapeau.

Il y a cette heure, maintenant, dans la cuisine.

Clarissa ne mourra pas, pas de sa main. Comment pourrait-elle supporter de quitter tout cela ?

Virginia s'apprête à offrir quelques conseils concernant les enfants. Elle a peu d'idée de ce qu'elle va dire, mais elle dira quelque chose.

Elle aimerait dire : C'est assez. Les tasses à thé et la grive dans le jardin, le problème des manteaux des enfants. Cela suffit.

Quelqu'un d'autre mourra. Il faudrait que ce soit un esprit plus remarquable que Clarissa ; quelqu'un qui aurait suffisamment de chagrin et de génie pour se détourner des séductions de ce bas monde, de ses tasses et de ses manteaux.

« Peut-être Angelica… », dit Virginia.

Mais voici Nelly qui arrive à la rescousse ; hors d'elle, triomphante, de retour de Londres avec un paquet contenant le thé de Chine et le gingembre confit. Elle brandit le paquet, comme si elle s'apprêtait à le lancer.

« Bonsoir, madame Bell », dit-elle avec le calme étudié d'un bourreau.

Voici Nelly avec le thé et le gingembre, et Virginia est là aussi, à jamais, inexplicablement heureuse, mieux qu'heureuse, vivante, assise avec Vanessa dans la cuisine par un jour ordinaire de printemps, alors que Nelly, la reine des Amazones soumise, Nelly la perpétuelle indignée, exhibe ce qu'on l'a forcée à rapporter.

Nelly tourne les talons et, quoique ce ne soit pas dans leurs habitudes, Virginia se penche et embrasse Vanessa sur la bouche. C'est un baiser innocent, assez innocent, mais à cet instant précis, dans cette cuisine, derrière le dos de Nelly, il a le goût du plus délicieux des plaisirs défendus. Vanessa lui rend son baiser.

MRS DALLOWAY

« Pauvre Louis. »

Julia pousse un soupir de compassion et d'exaspération, un soupir de femme mûre, et elle incarne fugacement le symbole de la désapprobation maternelle ; un membre de la lignée séculaire des femmes qui a soupiré de compassion et d'exaspération devant les invraisemblables passions des hommes. Un court instant, Clarissa imagine sa fille à cinquante ans : elle sera ce qu'on appelle une femme épanouie, large d'esprit et de corps, mystérieusement efficace, décidée, paisible, lève-tôt. En cet instant précis, Clarissa voudrait être Louis ; non pas être *avec* lui (ce serait trop épineux, trop difficile), mais *être* lui, un être malheureux, bizarre, infidèle, sans scrupule, toujours en vadrouille.

« Oui, dit-elle, pauvre Louis. »

Louis va-t-il gâcher la soirée de Richard ? Pourquoi a-t-elle invité Walter Hardy ?

« Quel drôle de type, dit Julia.

— Pourrais-tu supporter que je t'embrasse ? »

Julia rit, et de nouveau elle a dix-neuf ans. Elle est invraisemblablement belle. Elle va voir des films dont Clarissa n'a jamais entendu parler, a des accès de morosité et d'exaltation. Elle porte six bagues à la main gauche, dont aucune n'est celle que Clarissa lui a offerte pour ses dix-huit ans. Elle a un anneau d'argent dans une narine.

« Bien sûr », dit-elle.

Clarissa étreint Julia, et la relâche aussitôt. « Comment vas-tu ? » demande-t-elle encore, puis, tout de suite, elle le regrette. Elle redoute d'y voir un de ses tics ; une de ces innocentes petites manies qui inspirent des idées de suicide aux enfants. Sa propre mère se grattait constamment la gorge. Elle préfaçait toute objection en disant « Je ne voudrais pas être rabat-joie, mais... ». Ces souvenirs survivent dans l'esprit de Clarissa, ils sont toujours capables de la mettre en rage, une fois estompées la gentillesse et la simplicité de sa mère, ses actes de charité. Clarissa dit trop souvent à Julia : « Comment vas-tu ? » Elle le dit en partie par nervosité (comment s'empêcher d'être empruntée avec Julia, de se sentir un peu anxieuse, après tout ce qui est arrivé ?) et aussi parce qu'elle a envie, tout simplement, de savoir.

Sa réception, imagine-t-elle, sera un échec. Richard s'ennuiera et sera vexé, à juste titre. Elle est superficielle ; elle se soucie trop de ces détails. Sa fille s'en moque avec ses amis, c'est certain.

Mais avoir des amis comme Mary Krull !

« Je vais bien, répond Julia.

— Tu as une mine superbe », dit gaiement Clarissa en désespoir de cause. Au moins se montre-t-elle généreuse. Elle est une mère qui complimente son enfant, lui donne confiance en soi, ne s'étend pas sur ses soucis personnels.

« Merci, dit Julia. Est-ce que j'ai oublié mon sac à dos hier ?

— Oui. Il est là, accroché près de la porte.

— Bon. Mary et moi allons faire des courses.

— Où la rejoins-tu ?

— En fait, elle est ici. Elle attend dehors.

— Oh.

— Elle fume une cigarette.

— Eh bien, quand elle aura fini sa cigarette, peut-être pourrait-elle entrer dire bonjour. »

Le visage de Julia s'ombre de repentir et de quelque chose d'autre – son ancienne fureur renaîtrait-elle ? Ou s'agit-il seulement de culpabilité ordinaire ? Un ange passe. Il semble qu'elle subisse la force d'une sorte de conformisme, aussi puissante que celle de la gravitation. Même si vous vous êtes rebellée toute votre vie ; même si vous avez élevé une fille aussi décemment que vous le pouviez, dans une maison de femmes (le père n'étant qu'un simple flacon numéroté, désolée Julia, aucun moyen de le connaître) –, malgré tout, vous vous retrouvez un jour sur un tapis persan, bourrée d'amertume et de reproches maternels, face à une fille qui vous méprise (c'est encore le cas, n'est-ce pas ?) pour l'avoir privée d'un père. *Quand elle aura fini sa cigarette, peut-être pourrait-elle entrer dire bonjour.*

Mais pourquoi Mary ne serait-elle pas tenue d'observer certaines règles de politesse élémentaires ? Vous n'attendez pas à la porte d'un appartement, si brillante et révoltée que vous soyez. Vous entrez et dites bonjour. Un point, c'est tout.

« Je vais la chercher, dit Julia.

— Ce n'est pas la peine.

— Si, vraiment. Elle est simplement dehors en train de fumer. Tu la connais... Il y a les cigarettes, et il y a tout le reste.

— Ne l'oblige pas à venir ici. Franchement. Pars, ne t'attarde pas pour moi.

— Non. Je veux que vous vous connaissiez mieux, toutes les deux.

— Nous nous connaissons très bien.

— N'aie pas peur, maman. Mary est adorable, tout à fait inoffensive.

— Je n'ai pas *peur* d'elle. Pour l'amour du ciel. »

Julia arbore un sourire entendu carrément insupportable, secoue la tête et tourne les talons. Clarissa se penche au-dessus de la table basse, déplace le vase de quelques centimètres vers la gauche. Elle a envie de cacher les roses. Si seulement c'était quelqu'un d'autre que Mary Krull. N'importe qui d'autre.

Julia revient, Mary à sa suite. La voilà, devant elle – la sévère et rigoureuse Mary, Mary la juste, sa tête rasée où commence à apparaître un court duvet brun, vêtue d'un pantalon couleur souris, les seins ballottant (elle a plus de quarante ans) sous un T-shirt blanc effiloché. C'est son pas lourd ; son regard assuré, soupçonneux. En voyant Julia et Mary ensemble, Clarissa pense à la petite fille qui ramenait à la maison un chien perdu, un sac d'os et de dents jaunâtres ; un animal pathétique et en fin de compte dangereux, ostensiblement en quête d'un foyer accueillant, mais dont la faim est si grande qu'aucune manifestation d'amour ou de générosité ne pourra la combler. Le chien se contentera de manger et de manger encore ; il ne sera jamais apprivoisé.

« Bonjour, Mary, dit Clarissa.

— Hello, Clarissa. » Elle traverse la pièce et serre la main de Clarissa. La main de Mary est petite et forte, étonnamment douce.

« Comment allez-vous ? demande Mary.

— Très bien, merci. Et vous ? »

Elle hausse les épaules. Comment *devrais-je* aller, moi ou quiconque, dans ce monde tel qu'il est ? Clarissa est tombée si facilement dans la question piège. Elle songe à ses roses. Force-t-on des enfants à les cueillir ? Des familles arrivent-elles dès l'aube dans les champs pour passer leurs journées courbées parmi les buissons, le dos douloureux, les doigts ensanglantés par les épines ?

159

« Vous allez faire des achats ? » demande-t-elle, sans chercher à dissimuler le dédain dans sa voix.

Julia dit : « Des boots. Celles de Mary sont en lambeaux.

— J'ai horreur de faire des courses », dit Mary. Elle affiche un soupçon de sourire confus. « C'est une totale perte de temps.

— Nous allons acheter des chaussures aujourd'hui, dit Julia. Point final. »

La fille de Clarissa, cette fille merveilleuse et intelligente, pourrait être une épouse enjouée, qui entraîne son mari dans une journée consacrée aux achats. Elle pourrait être une femme des années cinquante, si vous lui apportiez quelques modifications mineures.

Mary dit à Clarissa : « Je n'y arriverais pas toute seule. Je peux affronter un flic armé d'une bombe lacrymogène, mais je m'enfuis à la vue de la première vendeuse dans un magasin. »

Clarissa se rend compte avec stupéfaction que Mary fait un effort. Elle s'évertue, à sa façon, à charmer.

« Oh, elles ne sont pas si épouvantables, dit-elle.

— C'est les magasins, tout le bazar, toute cette *merde* étalée partout, excusez-moi, toute cette *marchandise*, tous ces *objets*, et la publicité qui vous court après, hurlant *Achetez, achetez, achetez*, et quand une de ces filles s'approche de moi avec ses cheveux longs et des couches de maquillage, et dit : "Puis-je faire quelque chose pour vous ?", c'est tout juste si je peux m'empêcher de crier "Pauvre conne, tu n'es même pas capable de faire quelque chose pour toi".

— Hmm, fait Clarissa, le problème semble sérieux, en effet. »

Julia dit : « Allons-y, Mary. »

Clarissa dit à Julia : « Occupe-toi bien d'elle. »

Conne, pense Mary. *Espèce de matrone suffisante et imbue d'elle-même.*

160

Elle se reprend. Clarissa Vaughan n'est pas l'ennemi. Clarissa Vaughan est simplement dans l'erreur, rien de plus. Elle croit qu'en obéissant aux règles elle aura ce qu'ont les hommes. Elle est tombée dans le panneau. Elle n'y peut rien. Cependant, Mary a envie de saisir Clarissa par le plastron de sa chemise et de crier : *Vous croyez sincèrement que s'ils se mettent à ramasser ceux qui s'écartent de la norme, ils ne s'arrêteront pas à votre porte, hein ? Vous êtes vraiment stupide à ce point ?*

« Ciao, maman ! lance Julia.

— N'oublie pas ton sac, dit Clarissa.

— Oh, c'est vrai. » Julia rit et prend son sac à dos à la patère. Il est en toile orange vif, absolument pas le genre de sac que vous vous attendriez à la voir porter.

Que reprochait-elle, exactement, à cette bague ?

Un instant, pendant que Julia leur tourne le dos, Mary et Clarissa se font face. *Pauvre conne*, pense Mary, qui s'efforce pourtant de rester charitable, ou du moins sereine. Et puis non, que la charité aille se faire foutre. Tout plutôt que ces lesbiennes de la vieille école, habillées comme il faut, bourgeoises jusqu'à la moelle, vivant comme mari et femme. Mieux vaut être ouvertement pédé, être John qui baise Wayne, qu'une gouine bien sapée avec un job respectable.

Hypocrite, pense Clarissa. Tu as trompé ma fille, mais moi, tu ne me trompes pas. Je sais reconnaître une conquérante quand j'en rencontre une. Je sais ce qu'il faut faire pour épater le chaland. Ce n'est pas difficile. Si l'on crie assez fort et assez longtemps, la foule se rassemble pour voir à quoi rime tout ce raffut. C'est le propre de la foule. Elle ne s'attardera pas longtemps, à moins de lui donner de bonnes raisons. Tu es tout aussi détestable que la plupart des hommes, tout aussi agressive, tout aussi boulimique, et ton heure viendra puis passera.

« Bon, fait Julia, partons. »

Clarissa dit : « N'oublie pas la réception. À cinq heures.

— Okay », répond Julia. Elle passe son sac orange par-dessus son épaule, forçant Clarissa et Mary à partager un moment un même sentiment. Chacune adore avec une intensité particulière la vivacité de Julia et son assurance naturelle, les jours innombrables qui l'attendent.

« À bientôt », dit Clarissa.

Elle est futile. Elle est quelqu'un qui s'intéresse trop aux réceptions. Si seulement Julia pouvait un jour lui pardonner.

« Salut », dit Mary, et elle part à grands pas, dans le sillage de Julia, et franchit la porte.

Mais pourquoi Mary Krull, parmi tant d'autres ? Pourquoi faut-il qu'une fille normale comme Julia se transforme en servante dévouée ? Est-elle toujours en quête d'un père ?

Mary s'attarde un moment derrière Julia, prenant le temps de contempler le dos ample et gracieux de Julia, les demi-lunes de ses fesses. Elle est presque submergée par le désir et par autre chose aussi, une crispation plus subtile et plus délicieusement douloureuse qui se greffe sur son désir. Julia lui inspire un patriotisme érotique, comme si elle représentait le pays lointain où est née Mary et dont elle a été chassée.

« On y va ? » lance Julia d'un ton joyeux par-dessus son épaule, par-dessus l'éclat orange de son sac à dos.

Mary s'immobilise, la regarde. Elle croit n'avoir jamais rien vu de si beau. *Si tu pouvais m'aimer*, pense-t-elle, *je ferais n'importe quoi. Comprends-tu ? N'importe quoi.*

« Alors ? on y va ? » répète Julia, et Mary se hâte à sa

suite, désespérée, saisie d'angoisse (Julia ne l'aime pas, pas comme ça, et ne l'aimera jamais), en route pour acheter des chaussures.

MRS WOOLF

Vanessa et les enfants sont partis pour Charleston. En bas, Nelly prépare le dîner, mystérieusement enjouée, de meilleure humeur qu'elle ne l'a été depuis des jours – est-il possible qu'elle soit sensible au fait qu'on l'ait envoyée faire une course stupide, qu'elle en savoure tant l'injustice qu'elle a envie de chanter dans la cuisine ? Leonard écrit dans son bureau, et la grive repose sur son lit d'herbes et de roses dans le jardin. Virginia se tient debout devant une fenêtre du salon, et regarde le soir descendre sur Richmond.

C'est la fin d'une journée ordinaire. Sur sa table de travail dans une pièce obscure reposent les pages de son nouveau roman, pour lequel elle nourrit des espoirs extravagants et dont elle craint à présent (elle croit le *savoir*) qu'il ne se révèle sec et faible, dénué de vrai sentiment ; une impasse. Quelques heures à peine se sont écoulées, et pourtant cette impression qu'elle a ressentie dans la cuisine avec Vanessa – cette intense satisfaction, cette félicité – s'est évaporée si définitivement qu'elle pourrait n'avoir jamais existé. Il ne reste que cela : l'odeur du bœuf que Nelly fait bouillir (écœurante, et Leonard ne la quittera pas des yeux pendant qu'elle s'efforcera de manger), les pendules de la maison qui s'apprêtent à sonner la demie, son visage qui se reflète de plus en plus distinctement dans la vitre de la fenêtre – jaune citron pâle sur un ciel bleu d'encre – à mesure que s'allument les réverbères dans tout Richmond. C'est déjà beaucoup, se dit-elle. Elle s'efforce d'y croire. C'est déjà beaucoup d'être dans cette maison, délivrée de la guerre, avec la perspective d'une soirée de lecture et ensuite le sommeil, et le travail à nouveau le lendemain matin. C'est déjà beaucoup que les réverbères projettent leur lumière jaune dans les arbres.

Elle sent la migraine monter peu à peu le long de sa nuque. Elle se raidit. Non, c'est le souvenir de la migraine, c'est sa peur de la migraine, tous les deux si nets qu'ils se confondent avec un début de migraine. Elle se tient droite, dans l'attente. Tout va bien. Tout va bien. Les murs de la pièce ne vacillent pas ; aucun murmure ne s'entend à l'intérieur des murs. Elle est là, debout, avec un mari à la maison, avec des domestiques, des tapis, des oreillers et des lampes. Elle est elle-même.

Elle sait qu'elle va partir presque avant de l'avoir décidé. Une promenade ; elle va faire une promenade, sans plus. Elle sera de retour dans une demi-heure, ou moins. Se hâtant, elle met son manteau et son chapeau, son écharpe. Elle se dirige doucement vers la porte de derrière, sort et la referme avec soin. Elle préfère que personne ne lui demande où elle va, ni quand elle sera de retour.

Dehors, dans le jardin, il y a le petit monticule sombre de la grive dans son cercueil, à l'ombre des haies. Un vent fort s'est levé, venant de l'est, et Virginia frissonne. On dirait qu'elle a quitté la maison (où le bœuf est en train de bouillir, où les lampes sont allumées) pour entrer dans le royaume de l'oiseau mort. Elle songe à la façon dont les défunts restent toute la nuit dans leur tombe, après que les parents et amis ont récité leurs prières, déposé leurs couronnes, et s'en sont retournés au village. Après que les roues ont fini de rouler sur la boue séchée du chemin, une fois les repas du soir avalés et les courtepointes retirées ; lorsque tout a cessé, les tombes restent, leurs fleurs à peine agitées par le vent. C'est effrayant mais pas si désagréable, cette impression de cimetière. C'est la réalité ; une réalité qui n'a rien d'accablant. Elle est, d'une certaine manière, plus supportable, plus noble, en ce moment présent, que le bœuf et les lampes. Virginia descend l'escalier, s'avance sur l'herbe.

Le corps de la grive est toujours là (bizarre, qu'elle n'intéresse pas les chats et chiens du voisinage), minuscule même pour un oiseau, sans plus aucune vie, là, dans le noir, comme un gant perdu, la petite poignée vide de la mort. Virginia s'attarde au-dessus d'elle. C'est un détritus, désormais ; elle s'est dépouillée de sa beauté de l'après-midi tout comme Virginia s'est arrachée à l'émerveillement éprouvé à l'heure du thé devant les tasses et les manteaux ; tout comme le jour renonce à sa chaleur. Demain matin, Leonard ramassera l'oiseau, le lit d'herbes et les roses avec une pelle et les jettera ensemble. Elle pense à l'espace qu'occupe un être dans la vie, tellement plus grand que dans la mort ; elle pense à la dimension illusoire que créent les gestes et les mouvements, la respiration. Morts, nous révélons nos vraies dimensions, et elles sont étonnamment modestes. Sa mère n'avait-elle pas eu l'air d'avoir été furtivement enlevée et remplacée par une version réduite en métal blanc ? Et Virginia n'avait-elle pas perçu en elle un espace vide, tout petit, où auraient dû se loger les émotions fortes ?

C'est donc ici qu'est le monde (la maison, le ciel, la première étoile vacillante), et là son contraire, cette petite forme sombre dans un cercle de roses. Un détritus, sans plus. Sa beauté et sa dignité étaient des

illusions nourries par la présence des enfants, entre-
tenues pour leur bénéfice.

Elle fait demi-tour et s'éloigne. Il semble possible, à
cet instant, qu'il existe un ailleurs – un endroit qui n'a
rien à voir ni avec le bœuf bouilli ni avec un cercle de
roses. Elle franchit la grille du jardin et sort dans l'allée,
en direction de la ville.

Comme elle traverse Princes Street et longe Waterloo
Place (vers où ?), elle croise des gens : un homme replet
à l'air digne, une sacoche à la main, deux femmes, sans
doute des domestiques qui rentrent de leur après-
midi de congé, bavardant, l'éclat fugace de leurs jambes
blanches au-dessous de leurs minces manteaux, le
modeste reflet d'un bracelet. Virginia remonte son col
autour de son cou, bien qu'il ne fasse pas froid. Il fait
plus sombre, c'est tout, et il y a du vent. Elle va se rendre
en ville, c'est entendu, mais pour quoi y faire ? Les
magasins, à cette heure, s'apprêtent à fermer. Elle croise
un couple, un homme et une femme plus jeunes qu'elle,
qui cheminent d'un même pas, nonchalant, penchés l'un
vers l'autre dans le halo jaune pâle d'un réverbère,
discutant (elle entend l'homme dire : « Il m'a dit
quelque chose quelque chose quelque chose, dans cet
établissement, *quelque chose quelque chose quelque
chose*, brrrrr, ça oui. ») ; l'homme et la femme portent
tous deux des chapeaux à la mode, la frange d'une
écharpe (à lui ? à elle ?) ondule derrière eux tel un
drapeau ; ils marchent un peu inclinés en avant et
penchés l'un vers l'autre, gravissent la côte, retenant
leurs chapeaux dans le vent ; décidés, mais sans hâte
extrême, ils rentrent chez eux (c'est presque certain)
après avoir passé la journée à Londres, et lui ajoute :
« Et donc je dois te demander », puis il baisse la voix
– Virginia ne distingue plus ses paroles –, et la femme
pousse un petit cri joyeux qui découvre fugitivement la
blancheur de ses dents, et l'homme rit, avance à grandes

foulées, posant avec assurance la pointe de l'une puis de l'autre de ses chaussures bien cirées.

Je suis seule, pense Virginia, tandis que l'homme et la femme poursuivent leur montée, et qu'elle continue à descendre. Elle n'est pas véritablement seule, bien sûr, pas ce que les autres entendent par être seule, mais à cette minute, marchant dans le vent vers le Quadrant, elle sent s'approcher le vieux démon (quel autre nom lui donner ?), et elle sait qu'elle sera complètement seule dès qu'il choisira de réapparaître. Le démon est une migraine ; c'est une voix à l'intérieur d'un mur ; un aileron qui transperce des flots sombres. Le démon est ce rien éphémère et pépiant qu'était la vie d'une grive. Le démon aspire toute la beauté du monde, tout l'espoir, et ce qu'il reste une fois sa tâche terminée, c'est un royaume de morts vivants – sans joie, étouffant. Virginia ressent là une grandeur tragique, car le démon est bien des choses, mais il n'est ni médiocre ni romanesque ; il est imprégné d'une vérité mortelle, intolérable. En ce moment, tant qu'elle marche, épargnée par la migraine, épargnée par les voix, elle peut affronter le démon, mais elle ne doit pas cesser de marcher, elle ne doit pas faire demi-tour.

Lorsqu'elle atteint le Quadrant (le boucher et l'épicier ont déjà remonté leurs vélums), elle se dirige vers la gare. Elle ira à Londres, pense-t-elle ; elle ira simplement à Londres, comme Nelly va faire une course, bien que la course de Virginia soit le voyage en soi, la demi-heure de train, l'arrivée à Paddington, la possibilité de marcher dans une rue et de tourner dans une autre, puis dans une autre encore. Quelle bouffée de plaisir ! Quel plongeon ! Il lui semble qu'elle pourrait survivre, qu'elle pourrait s'épanouir si elle avait Londres autour d'elle ; si elle se noyait pendant un temps dans son immensité, exubérante et impudente sous un ciel à présent vide de menace, toutes les fenêtres sans rideaux (ici le profil grave d'une femme, là le haut d'une chaise sculptée), la circulation, les hommes et les femmes qui vont d'un pas nonchalant à une réception ; les odeurs de cire et d'essence, de parfums, tandis que quelqu'un, quelque part (dans une de ces larges avenues, dans une de ces maisons blanches flanquées de colonnes), joue du piano ; tandis que les klaxons cornent et que les chiens aboient, que tout ce bruyant carnaval tourne et tourne, flamboyant, étincelant ; tandis que Big Ben sonne les heures, qui tombent en cercles de plomb sur les piétons en tenue du soir et les omnibus, sur la Queen Victoria de pierre trônant devant le palais parmi ses gradins de géraniums, sur les parcs qui reposent enfouis dans leur solennité ombragée derrière des grilles de fer noir.

Virginia descend l'escalier qui mène à la gare. La gare de Richmond est à la fois un passage et une destination. Elle est ornée de colonnes, d'une marquise, et dégage une imperceptible odeur de brûlé ; elle paraît désolée même lorsque la foule s'y presse (comme maintenant), longée de bancs de bois jaunes qui n'incitent pas à la flânerie. Virginia consulte l'horloge du regard, constate qu'un train vient de partir et que le suivant ne partira pas avant vingt-cinq minutes. Elle se raidit. Elle s'était imaginé (stupidement !) qu'elle monterait tout de suite dans un train ou attendrait tout au plus cinq ou dix minutes. Elle demeure, impatiente, devant l'horloge, puis fait lentement quelques pas le long du quai. Si elle se décide, si elle attrape le train qui part dans, mettons, vingt-trois minutes, va à Londres, et revient par le dernier train (ce qui la ramènera chez elle à Richmond à onze heures dix), Leonard sera fou d'inquiétude. Si elle le prévient (on a depuis peu installé un téléphone public dans la gare), il sera furieux et exigera qu'elle revienne sur-le-champ ; il laissera entendre (il ne le dirait jamais de vive voix) que si elle est de nouveau épuisée et anéantie, si elle retombe malade, elle ne devra s'en prendre qu'à elle-même. Et c'est là qu'est le dilemme : il a en même temps entièrement raison et affreusement tort. Elle se porte mieux, elle se sent plus tranquille, lorsqu'elle se repose à Richmond ; si elle ne parle pas trop, n'écrit pas trop, ne s'émeut pas trop ; si elle ne se rend pas sur une impulsion à Londres et ne marche pas dans les rues ; et, pourtant, elle est en train de périr ainsi, de mourir petit à petit sur un lit de roses. Vraiment, mieux vaut affronter l'aileron qui fend l'eau plutôt que de vivre recluse, comme si la guerre continuait (étrange, que le premier souvenir qui jaillisse à l'esprit, après tout cela, soit celui des attentes interminables à la cave, toute la maisonnée entassée en bas, et l'obligation de faire la conversation pendant des heures avec Nelly et Lottie). Son existence (déjà plus de quarante ans !) s'écoule avec parcimonie, par petites quantités mesurées, et la roulotte de carnaval qui emporte Vanessa – tout son entourage bariolé, cette vie aux larges horizons, les enfants et la peinture et les amants, la maison magnifiquement encombrée – poursuit son chemin dans la nuit, laissant derrière elle l'écho de ses cymbales, ses notes d'accordéon, tandis que les roues s'éloignent le long de la route. Non, elle ne téléphonera pas de la gare, elle le fera une fois à Londres, une fois qu'on ne pourra rien y faire. Elle acceptera son châtiment.

Elle achète un billet à l'homme au visage congestionné derrière le guichet. Elle va s'installer, très droite, sur un banc de bois. Encore dix-huit minutes. Elle reste assise sur le banc, regardant fixement devant elle (si seulement elle avait quelque chose à lire) jusqu'à ce qu'elle ne tienne plus en place (encore quinze minutes). Elle se lève et ressort de la gare. Si elle longe un pâté de maisons dans Kew Road, puis revient sur ses pas, elle arrivera juste à temps pour son train.

Elle passe devant le reflet fragmenté de son visage dans l'enseigne dorée de la boutique du boucher, suspendue dans la vitrine au-dessus d'une carcasse d'agneau (un brin de laine pâle encore accroché à son pied), quand elle aperçoit Leonard qui vient vers elle. Elle envisage, une seconde, de faire demi-tour et de courir jusqu'à la gare ; elle espère échapper ainsi à une sorte de catastrophe. Elle n'en fait rien. Elle continue de marcher, d'avancer vers Leonard, qui est visiblement sorti à la hâte, chaussé de ses pantoufles de cuir, et qui paraît presque trop mince – maigre – dans son gilet et sa veste de velours côtelé, le col ouvert. Bien qu'il se soit mis à sa recherche tel un policier ou un procureur, l'image même du reproche, elle s'étonne de le trouver si petit, en pantoufles dans Kew Road ; déjà âgé et ordinaire. Elle le voit, tout à coup, tel que pourrait le voir un œil étranger : un homme parmi tant d'autres, qui marche dans la rue. Elle est triste pour lui, et étrangement émue. Elle parvient à arborer un sourire railleur.

« Mr Woolf, dit-elle. Quel plaisir inattendu. »

Il dit : « Pourrais-tu m'expliquer ce que tu fabriques ici, je te prie ?

— Je me promène. Est-ce tellement extraordinaire ?

— Uniquement quand tu disparais de la maison, juste avant le dîner, sans dire un mot.

— Je ne voulais pas te déranger. Je savais que tu travaillais.

— Je travaillais, en effet.

— Tu vois.

— Tu ne dois pas disparaître ainsi. Je n'aime pas ça.

— Leonard, tu as un drôle de comportement. »

Il se rembrunit. « Vraiment ? Je ne vois pas en quoi. Je suis allé te chercher, et tu n'étais pas là. J'ai pensé : Il est arrivé quelque chose. Je ne sais pas pourquoi. »

Elle se le figure affolé, la cherchant dans toute la maison, dans le jardin. Elle l'imagine qui se précipite, passe devant le cadavre de la grive, franchit la grille, descend la côte. Elle est soudain navrée pour lui. Elle devrait, elle le sait, lui dire que sa prémonition n'était pas entièrement fausse, qu'elle avait en vérité élaboré une sorte d'escapade, conçu le projet de disparaître, ne fût-ce que quelques heures.

« Il n'est rien arrivé, dit-elle. Juste l'envie de prendre l'air le long des boulevards. C'est une si belle soirée.

— J'étais très inquiet, j'ignore pourquoi. »

Ils demeurent un moment sans bouger, dans un silence inhabituel. Ils contemplent la devanture de la boucherie, où ils se reflètent, fragmentés, dans les lettres dorées.

Leonard dit : « Il faut rentrer à temps pour le ragoût de Nelly. Il nous reste à peine un quart d'heure avant qu'elle n'explose et ne mette le feu à la maison. »

Virginie hésite. Et Londres ! Elle voudrait encore, désespérément, monter dans le train.

« Tu dois avoir faim, dit-elle.

— Un peu. Toi aussi, j'en suis sûr. »

Elle pense soudain que les hommes sont si fragiles ; si vite emplis d'effroi. Elle revoit Quentin, rentrant se laver les mains pour les débarrasser de la mort de la grive. Elle a l'impression de franchir une ligne invisible, un pied ici l'autre là. De ce côté-ci, il y a Leonard, sévère, soucieux, les rangées de magasins fermés, la montée sombre qui vous ramène à Hogarth House, où Nelly attend avec impatience, presque triomphalement, une autre occasion de se plaindre. De l'autre côté, il y a le train. Il y a Londres, et tout ce que Londres comporte de liberté, de baisers, les promesses artistiques et le sombre et secret miroitement de la folie. Mrs Dalloway, pense-t-elle, est une maison sur une colline où une réception se prépare ; la mort est la ville à ses pieds, que Mrs Dalloway chérit et redoute et dans laquelle elle désire, en un sens, s'enfoncer si profondément qu'elle ne retrouvera jamais plus son chemin.

Virginia dit : « Il est temps que nous retournions à Londres. Ne crois-tu pas ?

— Je n'en suis pas si certain, répond-il.

— Je me porte mieux depuis un bon moment. Nous ne pouvons pas toujours hanter la banlieue, n'est-ce pas ?

— Parlons-en au dîner, veux-tu ?

— D'accord.

— Tu as donc une telle envie de vivre à Londres ? demande-t-il.

— Oui. Je souhaiterais qu'il en soit autrement. Je souhaiterais me contenter d'une vie paisible.

— Tout comme moi.

— Viens », dit-elle.

Elle conserve le billet dans sa poche. Elle ne racontera jamais à Leonard qu'elle a eu l'intention de s'enfuir, même pour quelques heures. Comme si c'était lui qui avait besoin d'être protégé et réconforté – lui qui était en danger –, Virginia passe son bras sous le sien, et lui presse le coude avec tendresse. Ils commencent à gravir la côte qui conduit à Hogarth House, au bras l'un de l'autre, comme n'importe quel couple d'un certain âge rentrant chez lui.

MRS DALLOWAY

« Un peu plus de café ? demande Oliver à Sally.

— Merci. » Sally tend sa tasse à l'assistant d'Oliver, un jeune homme étonnamment insipide, d'un blond presque blanc, les joues creuses, qui, bien que qualifié d'assistant, semble avoir pour rôle de servir le café. Sally s'était attendue à un jeune mâle superbe, tout en mâchoire et en biceps. Ce garçon fluet, empressé, semblerait plus à sa place derrière le comptoir du rayon parfumerie d'un grand magasin.

« Alors, qu'en pensez-vous ? » demande Oliver.

Pour éviter de regarder Oliver, Sally observe le café qui remplit peu à peu sa tasse. Une fois celle-ci placée devant elle, elle lève les yeux vers Walter Hardy, qui ne trahit rien. Walter a le talent, disons-le remarquable, d'avoir l'air parfaitement attentif et totalement impassible, comme un lézard installé sur une pierre au soleil.

« Intéressant, dit Sally.

— En effet », répond Oliver.

Sally hoche la tête, boit son café à petites gorgées. « Je me demande, reprend-elle, si c'est faisable.

— C'est le moment, à mon avis. Je pense que les gens sont prêts.

— Vraiment ? »

Sally pose la question, en silence, à Walter. *Parle, espèce d'idiot.* Walter se contente de hocher la tête, cillant des yeux, béat, conscient d'un danger possible, quasi hypnotisé par l'intensité qui émane d'Oliver St. Ives, la silhouette élégante et le visage marqué, quarante-cinq ans révolus, les yeux vifs derrière de modestes lunettes cerclées d'or ; Oliver, dont l'image à l'écran a survécu à d'innombrables tentatives, de la part des autres hommes, pour l'éliminer, l'escroquer, le calomnier, ruiner sa famille ; qui a aimé des déesses, toujours avec la même ardeur éberluée, comme s'il ne pouvait croire en sa chance.

« Oui, dit Oliver, avec une note d'impatience non dissimulée dans la voix.

— À première vue, c'est effectivement intéressant, dit Sally, et elle ne peut s'empêcher de rire.

— Walter pourrait s'y mettre, dit Oliver. Il y parviendrait. Sans le moindre doute. »

À la mention de son nom, Walter se réveille, cligne des yeux avec encore plus de rapidité, s'avance au bord de son fauteuil et change presque de couleur. « J'aimerais beaucoup essayer », dit-il.

Oliver arbore son célèbre sourire. Encore aujourd'hui, Sally s'étonne qu'Oliver ressemble à l'image qu'on a de lui. N'attend-on pas des acteurs de cinéma qu'ils soient de petite taille, sans originalité, dotés d'un caractère de chien ? C'est ce qu'ils nous doivent, non ? De tout temps, il a été clair qu'Oliver St. Ives serait une star. Il irradie ; il est colossal. Il ne mesure pas moins d'un mètre quatre-vingt-dix, et ses mains d'une forme parfaite, couvertes d'un duvet blond, pourraient sans mal tenir dans leurs paumes la tête de la plupart des autres hommes. Il a des traits généreux, des méplats accusés et, s'il est dans la réalité un peu moins beau qu'à l'écran, il émane de lui cette même indéniable et mystérieuse singularité, une singularité intellectuelle mais aussi physique, comme si tous les autres Américains bien baraqués, exubérants et intrépides n'en étaient que de pâles copies plus ou moins réussies.

« Fais-le, dit Oliver à Walter. J'ai confiance en tes capacités. Dis donc, tu as ruiné ma carrière avec une de tes petites histoires. »

Walter s'efforce de lui adresser un sourire entendu, qui n'est, en fait, qu'une grimace vile et haineuse. Sally l'imagine soudain très clairement à l'âge de dix ans. Certainement trop gros, amical à tout prix, capable de déterminer au millimètre la position sociale des autres enfants de son âge. Très probablement capable de toutes les trahisons.

« Ne me rabâche pas toujours ça, dit Walter, avec une moue. N'ai-je pas tenté de t'en dissuader ? Combien de fois t'ai-je prévenu ?

— Oh, ne t'en fais pas, mon petit ami, je me moque de toi, dit Oliver. Je ne regrette rien. Pas une seconde. Que penses-tu du scénario ?

— Je n'ai jamais écrit de policier jusqu'à présent.

— C'est facile. Rien de plus facile au monde. Tu loues une demi-douzaine de cassettes des films qui ont marché, et tu apprendras tout ce qu'il te faut savoir.

— Celui-là devrait être un peu différent, cependant, dit Sally.

— Non, sourit Oliver avec une patience agacée. Pas vraiment. Le héros sera gay. C'est la seule différence, pas de quoi fouetter un chat. Il ne serait pas torturé par sa sexualité. Il n'aurait pas le sida. Ce serait simplement un homo qui fait son boulot. Qui sauve le monde, comme il peut.

— Hummm, fait Walter. Je crois que c'est dans mes cordes. J'aimerais essayer.

— Bien. Parfait. »

Sally sirote son café, elle voudrait déjà être partie, elle voudrait rester ; elle aimerait ne pas désirer

176

l'admiration d'Oliver St. Ives. Il n'existe aucune puissance au monde, pense-t-elle, plus considérable que la célébrité. Pour garder la tête froide, elle parcourt du regard l'appartement, qui a fait la couverture d'*Architectural Digest* un an avant qu'Oliver ne révèle ce qu'il est, et qui n'apparaîtra sans doute plus jamais dans aucun magazine, étant donné ce qu'impliquent, en matière de goût, ses penchants sexuels aujourd'hui affichés. Le plus drôle, pense Sally, c'est que l'appartement est hideux, d'une laideur qu'elle associe en général au tape-à-l'œil macho, avec sa table basse en Plexiglas et ses murs de laque marron, ses niches emplies d'objets asiatiques et africains éclairés par des spots (Oliver les veut sûrement « spectaculairement mis en valeur ») qui évoquent davantage, malgré une présentation irréprochable et respectueuse, une opération de pillage qu'une âme de connaisseur. Sally vient ici pour la troisième fois, et chaque fois elle a eu envie de confisquer ces trésors et de les rendre à leurs propriétaires légitimes. Tandis qu'elle feint de prêter attention à Oliver, elle se voit arrivant dans un lointain village de montagne, accueillie par des vivats et des hululements, rapportant le masque d'antilope noirci par l'âge, ou la coupe de porcelaine vert pâle légèrement phosphorescente dans laquelle deux carpes peintes nagent depuis dix siècles.

« Vous n'êtes pas totalement certaine, n'est-ce pas, Sal ? demande Oliver.

— Hm ?

— Vous n'êtes pas convaincue.

— Oh, convaincue, pas convaincue, je ne suis pas sur mon terrain, ici. Qu'est-ce que je connais de Hollywood ?

— Vous êtes plus intelligente que la plupart de ces types. Vous êtes l'une des seules personnes que je respecte dans cette profession.

— Je n'ai pas grand-chose à voir avec cette profession, vous savez ce que je fais…

— Vous n'êtes pas convaincue.

— À vrai dire, non, je ne le suis pas, dit-elle. Mais qu'importe ? »

Oliver soupire et remonte ses lunettes qui ont glissé sur son nez, un geste que Sally est certaine d'avoir vu dans un de ses films, une histoire où il jouait un type d'aimable caractère (un comptable ? un avocat ? peut-être un producteur de télévision ?) amené à anéantir brutalement un gang de dealers pour sauver sa fille adolescente.

« J'admets qu'il nous faudra trouver le ton juste, dit lentement Oliver. Je ne me fais aucune illusion, ce n'est pas gagné d'avance.

— Devra-t-il avoir un amant ?

— Un compagnon. Un ami. Entre Batman et Robin des Bois.

— Feront-ils l'amour ?

— Personne ne fait l'amour dans un film policier. Cela ralentit trop l'action. Vous perdez le fil. Au mieux, un baiser à la fin.

— S'embrasseront-ils à la fin ?

— C'est le rayon de Walter.

— Walter ? »

Walter cligne des yeux, revient sur terre. « Attendez, dit-il, il y a seulement trois minutes j'ai dit que je pourrais peut-être le faire. Ne m'en demandez pas trop, hein ? »

Oliver poursuit : « Nous ne pouvons pas tirer des plans sur la comète. J'ai vu trop de gens s'asseoir autour d'une table pour écrire un scénario au succès imparable, et c'est toujours un bide. Il y a une sorte de malédiction.

— Vous croyez que les gens pourraient s'y intéresser ? demande Sally. Je veux dire, suffisamment de gens ? »

Oliver soupire à nouveau, et ce soupir est différent du précédent. C'est un soupir résigné et définitif, dans le registre nasal, significatif en ce qu'il n'a rien de dramatique. Il ressemble au premier soupir d'indifférence d'un amoureux au bout du fil, le soupir qui signale le début de la fin. Oliver a-t-il utilisé ce genre de soupir dans un de ses films ? Ou quelqu'un d'autre, quelqu'un de réel, a-t-il jadis soupiré ainsi dans l'oreille de Sally ?

« Bon », dit Oliver. Il pose ses mains à plat sur la nappe. « Walter, pourquoi ne pas en discuter toi et moi dans deux ou trois jours, lorsque tu auras eu le temps de réfléchir ?

— D'accord, fait Walter. Excellente idée. »

Sally boit une dernière gorgée de café. C'est, bien sûr, une affaire d'hommes ; un fantasme typiquement masculin. D'ailleurs, ils n'ont jamais eu besoin d'elle, pas vraiment. C'est après son apparition dans l'émission de Sally qu'Oliver s'est mis en tête (et, disons-le, il n'est pas Einstein) qu'elle était sa muse et son mentor, une sorte de Sapho énonçant d'austères vérités depuis son île. Mieux·vaudrait y mettre un terme dès maintenant.

Pourtant, il y a ce désir effrayant d'être aimée par Oliver St. Ives. Pourtant, il y a cette angoisse qu'on la laisse à l'écart.

« Merci d'être venue », dit Oliver, et Sally surmonte l'envie de se rétracter – de se pencher vers Oliver en travers de la table, par-dessus les vestiges du déjeuner, et de dire : *J'ai réfléchi et je pense qu'un film de suspense avec un héros gay pourrait très bien marcher.*

Au revoir, donc. Il est temps de retrouver la rue.

Sally est immobile avec Walter à l'angle de Madison et de la 70e Rue. Ils ne parlent pas d'Oliver St. Ives. Ils comprennent, diversement, que Walter a gagné et Sally perdu, et que Sally a gagné et Walter perdu. Ils trouvent d'autres sujets de conversation.

« Je suppose que je vous verrai ce soir, dit Walter.

— Hmm », répond Sally. Qui a invité Walter ?

« Comment *va* Richard ? » demande Walter. Il baisse la tête d'un air gauche, respectueux, inclinant la visière de sa casquette vers les mégots de cigarette et les ronds grisâtres de chewing-gum, l'emballage froissé en boule qui, Sally le remarque malgré elle, vient d'un Quarter Pounder. Elle n'a jamais acheté de Quarter Pounder.

Le feu change. Ils traversent.

« Très bien, dit Sally. Enfin. Très malade.

— Quelle époque, mon Dieu, quelle époque. »

Une fois de plus, Sally sent monter du fond d'elle-même une vague d'indignation qui la submerge et trouble sa vision d'un voile de chaleur. C'est la vanité de Walter qui n'est pas supportable. De savoir qu'au moment où il prononce les paroles de rigueur avec le respect voulu – et qu'il *ressent* certainement ce qu'il dit – il se félicite en même temps d'être le mi-célèbre romancier Walter Hardy, l'ami des stars de cinéma et des poètes, encore robuste et en pleine santé à quarante ans révolus. Il serait plus amusant s'il avait moins d'influence dans le monde.

« Bon », dit Sally lorsqu'ils arrivent au coin de la rue, mais sans lui laisser le temps de prendre congé Walter s'approche d'une boutique et reste le nez collé à la devanture.

« Regardez, dit-il. C'est ravissant ! »

Dans la vitrine sont exposées trois chemises de soie, chacune disposée sur une reproduction en plâtre d'une statue grecque. Une abricot pâle, une émeraude, et la troisième d'un bleu roi intense. Le col et le plastron de chaque chemise sont brodés d'un fil d'argent, aussi fin qu'un fil d'araignée. Toutes les trois drapent avec flui-dité les torses étroits des statues, et de chaque col émerge une paisible tête blanche aux lèvres pleines, avec un nez droit, des yeux blancs et creux.

« Hmm, fait Sally. Oui. Superbe.

— Je pourrais en acheter une pour Evan. Un cadeau lui ferait plaisir aujourd'hui. Venez. »

Sally hésite, puis suit Walter dans le magasin à contrecœur, poussée par un remords subit. D'accord, Walter est ridicule, mais en même temps qu'elle le méprise Sally éprouve une tendresse effrayante et irrésistible pour le pauvre débile, qui a passé ces dernières années à attendre la mort de son joli et stupide petit ami, son trophée, et doit aujourd'hui, subitement, affronter la perspective (a-t-il des sentiments mitigés ?) de sa survie. La mort et la résurrection exercent toujours la même fascination, pense Sally, et il importe peu qu'elles concernent le héros, le traître ou le clown.

Le magasin est en érable verni et granit noir. Il s'en dégage une légère odeur d'eucalyptus. Les chemises sont exposées sur les comptoirs d'un noir brillant.

« La bleue, je pense, dit Walter en entrant. Le bleu va bien à Evan. »

Sally laisse Walter s'entretenir avec le jeune et beau vendeur aux cheveux plaqués en arrière. Elle erre pensive parmi les chemises, regarde l'étiquette de l'une d'entre elles, de couleur crème avec des boutons de nacre. Elle vaut quatre cents dollars. Est-ce pathétique, se demande-t-elle, ou héroïque, d'acheter une chemise fabuleuse, affreusement chère, pour votre amant qui va un peu mieux ? Peut-être les deux à la fois. Sally pour sa part n'a jamais su faire de cadeaux à Clarissa. Même après autant d'années, elle n'est pas sûre de ce qui lui plaira. Il y a eu des réussites – l'écharpe en cachemire couleur chocolat à Noël dernier, la boîte ancienne en laque dans laquelle elle conserve sa correspondance – mais il y a eu au moins autant d'échecs. Il y a eu la montre hors de prix de Tiffany (trop chic, semble-t-il), le pull jaune (était-ce la couleur ou l'encolure ?), le sac à main noir (il n'allait pas, tout simplement, impossible de dire pourquoi). Clarissa refuse d'avouer qu'un cadeau ne lui plaît pas, en dépit des exhortations de Sally. Chaque cadeau, à l'entendre, est parfait, exactement ce qu'elle désirait, et l'infortuné auteur du cadeau n'a plus qu'à attendre et constater par lui-même si la montre sera étiquetée « trop belle pour tous les jours », ou le pull porté une seule fois, à une obscure réception, avant de disparaître à jamais. Sally sent une colère sourde monter en elle contre Clarissa, Walter Hardy et Oliver St. Ives ; contre tous les optimistes, les gens de mauvaise foi ; mais elle regarde ensuite Walter acheter la somptueuse chemise bleue pour son amant, et la nostalgie fait place à la colère. Clarissa est sans doute à la maison en ce moment.

Soudain, Sally veut rentrer chez elle tout de suite. Elle dit à Walter : « Je dois partir. Il est plus tard que je le croyais.

— J'en ai pour une seconde, dit Walter.

— Je m'en vais. À tout à l'heure.

— Vous aimez cette chemise ? »

Sally palpe l'étoffe, souple et vaguement sensuelle, avec un grain imperceptible. « Elle me plaît beaucoup, répond-elle. C'est une chemise superbe. »

Le vendeur sourit avec gratitude et timidité, comme s'il était personnellement responsable de la beauté de la chemise. Il n'est ni distant ni condescendant, ainsi qu'on pourrait s'y attendre de la part d'un jeune et beau garçon dans ce genre de magasin. D'où viennent-ils donc, ces adonis qui exercent la profession de vendeurs ? Quelle est leur ambition ?

« Oui, dit Walter, c'est une chemise magnifique, n'est-ce pas ?

— Au revoir.

— À tout à l'heure. »

Sally sort du magasin aussi vite qu'elle le peut, se dirige vers le métro de la 78e Rue. Elle voudrait rentrer à la maison avec un cadeau pour Clarissa, mais elle n'a aucune idée. Elle aimerait lui dire quelque chose, quelque chose d'important, et elle ne trouve pas les mots. « Je t'aime » est plutôt facile. « Je t'aime » est devenu presque banal, prononcé non seulement à l'occasion des anniversaires divers et variés mais aussi, spontanément, au lit ou devant l'évier de la cuisine, voire dans les taxis, à portée d'oreille des chauffeurs étrangers qui estiment que les femmes doivent marcher trois pas derrière leurs maris. Sally et Clarissa ne sont pas avares de leurs démonstrations d'affection, et c'est une bonne chose, naturellement, mais là, tout de suite, Sally découvre qu'elle a envie de rentrer à la maison et de dire quelque chose de plus, quelque chose qui aille au-delà de la gentillesse et du réconfort, au-delà même de la passion. Ce qu'elle voudrait dire lui est inspiré par tous ceux qui sont morts ; par le sentiment d'avoir une chance extraordinaire et la crainte d'une perte imminente, dévastatrice. S'il arrive malheur à Clarissa, elle, Sally, continuera à vivre, cependant, au sens strict du terme, elle ne survivra pas. Elle n'ira plus jamais bien. Ce qu'elle voudrait dire concerne la félicité et également la peur constante, envahissante, qui est l'autre face de cette félicité. Elle peut supporter la pensée de sa propre mort, mais pas celle de Clarissa. Leur amour, avec ses habitudes casanières et ses silences confortables, sa permanence, a directement enchaîné Sally au processus même de la mortalité. Dorénavant, il existe une perte inconcevable. Dorénavant, il y a un fil qu'elle suit dès maintenant, en marchant vers le métro dans l'Upper East Side, et qui existera le lendemain et le surlendemain et le jour suivant, tout au long du chemin qui mène au bout de sa vie et de celle de Clarissa.

Elle prend le métro qui la conduit en bas de la ville, s'arrête à l'étal de fleurs devant le marchand de légumes coréen au coin de la rue. Elle y retrouve l'habituel déballage, les œillets et les chrysanthèmes, quelques lis austères, des freesias, des marguerites, des bottes de tulipes de serre, blanches, jaunes, rouges, aux pétales à l'extrémité dure comme du cuir. Des zombies de fleurs, pense-t-elle ; juste un produit, forcé d'exister comme ces poulets dont les pattes ne touchent jamais le sol depuis l'œuf jusqu'à l'abattage. Sally reste le sourcil froncé devant les fleurs sur leurs estrades de bois, voit son reflet et celui des fleurs dans les carreaux de miroir à l'arrière du bac à fleurs (c'est elle, grisonnante, les traits accusés, le teint cireux – comment a-t-elle pu vieillir à ce point –, elle devrait se mettre plus souvent au soleil, vraiment), et pense qu'il n'y a rien au monde dont elle ait envie pour elle ou Clarissa, pas de chemise à quatre cents dollars, aucune de ces fleurs pitoyables, rien du tout. Elle s'apprête à repartir les mains vides lorsqu'elle remarque un bouquet de roses jaunes dans un seau de plastique brun à l'écart. Elles sont à peine écloses. Leurs pétales, à la base du calice, sont teintés d'un jaune plus profond, presque orangé, un fard couleur de mangue qui se répand vers le haut de la fleur en un réseau de veinules. Elles ressemblent à s'y méprendre à de vraies fleurs qui ont poussé dans un jardin et auraient atterri dans le seau par erreur. Sally les achète rapidement, presque furtivement, comme si elle craignait que la Coréenne qui tient le stand ne s'aperçoive qu'il y a un malentendu et ne l'informe, d'un air grave, que ces roses ne sont pas à vendre. Elle marche le long de la 10e Rue, les roses à la main, joyeuse, et en pénétrant dans l'appartement elle se sent un peu enfiévrée. Depuis combien de temps n'ont-elles pas fait l'amour ?

« Hello ? appelle-t-elle, y a-t-il quelqu'un ?

— Je suis là », répond Clarissa, et Sally comprend au ton de sa voix qu'il est arrivé quelque chose. Va-t-elle tomber dans une de ces petites embuscades qui mettent du piment dans leur vie commune ? Va-t-elle se trouver confrontée, avec son bouquet de fleurs et son désir naissant, à un accès de mauvaise humeur domestique, à un monde devenu gris et sinistre parce qu'elle a une fois de plus fait preuve d'égoïsme et négligé de nettoyer elle ne sait quoi, oublié un coup de fil important ? Sa joie se dissipe ; son désir s'évanouit. Elle entre dans le salon avec les roses.

« Que se passe-t-il ? » demande-t-elle à Clarissa assise sur le canapé, simplement assise, comme si elle était dans la salle d'attente d'un médecin. Clarissa la regarde avec une expression particulière, plus décontenancée que chagrinée, l'air de se demander qui est en face d'elle, et Sally a un pressentiment fugace du déclin à venir. Si elles survivent toutes les deux assez longtemps, si elles restent ensemble (et comment, après tout ça, pourraient-elles se séparer ?), elles se regarderont diminuer réciproquement.

« Rien, dit-elle.

— Tu te sens bien ?

— Hein ? Oh oui. Je ne sais pas. Louis est en ville. Il est revenu.

— Cela devait arriver un jour.

— Il est passé ici, il a simplement sonné à l'Interphone. Nous avons bavardé un moment et puis il s'est mis à pleurer.

— Vraiment ?

— Oui. Comme ça, sans raison, plus ou moins. Puis Julia est arrivée, et il s'est enfui.

— C'est tout Louis. Que dire de plus ?

— Il sort avec un autre garçon. Un étudiant.

— Très bien. Parfait.

— Ensuite Julia est arrivée avec Mary…

— Mon Dieu. Le cirque au complet.

— Oh, Sally ! Tu as apporté des roses.

— Comment ? Ah oui, en effet. »

Sally dégage les roses du papier d'emballage et, au même moment, remarque le vase de roses que Clarissa a placé sur la table. Elles éclatent de rire.

« C'est un moment à la O. Henry, non ? dit Sally.

— On n'a jamais trop de roses », dit Clarissa.

Sally lui tend les fleurs, et pendant un instant elles se sentent l'une et l'autre simplement et pleinement heureuses. Elles sont là, toutes les deux, et elles sont parvenues pendant dix-huit ans à continuer de s'aimer. C'est déjà beaucoup. À cet instant, c'est déjà beaucoup.

MRS BROWN

Elle revient plus tard qu'elle n'en avait l'intention, mais pas excessivement tard ; pas au point d'avoir besoin de fournir une explication. Il est presque six heures. Elle est parvenue à la moitié du livre. En se rendant en voiture chez Mrs Latch, elle est habitée par ce qu'elle vient de lire : Clarissa et le malheureux Septimus, les fleurs, la réception. Des images flottent dans son esprit : le personnage dans l'automobile, l'avion et son message. Laura occupe une sorte de zone de lumière incertaine ; un monde que composent le Londres des années vingt, une chambre d'hôtel turquoise, et cette voiture, qu'elle conduit le long d'une rue familière. Elle est elle-même et tout à la fois ne l'est pas. Elle est une femme à Londres, une aristocrate, pâle et charmante, un peu artificielle ; elle est Virginia Woolf ; et elle est cette autre, cet être incohérent et instable dont elle donne l'image, une mère, une conductrice, une traînée tourbillonnante de vie pure semblable à la Voie lactée, une amie de Kitty (qu'elle a embrassée, qui va peut-être mourir), deux mains aux ongles vermillon (l'un écaillé), avec une alliance de diamant, serrant le volant de la Chevrolet au moment où s'allument les feux stop d'une Plymouth bleu clair devant elle, tandis que le soleil de cette fin d'après-midi d'été se pare de ses profondeurs dorées, qu'un écureuil fonce sur un fil téléphonique, sa queue en point d'interrogation gris pâle.

Elle s'arrête devant la maison de Mrs Latch, où deux écureuils de plâtre soutiennent l'avant-toit du garage. Elle descend de la voiture et reste un moment là, à regarder les écureuils, la clé de contact à la main. À côté d'elle, la voiture émet un cliquetis particulier (elle fait ce bruit depuis quelque temps, il faudra la conduire au garage). Elle est submergée par un sentiment de non-être. C'est le seul mot qui lui vienne à l'esprit. Près de sa voiture qui cliquette, face au garage de Mrs Latch (l'ombre portée des écureuils de plâtre s'allonge), elle n'est personne ; elle n'est rien. On dirait, soudain, qu'en allant dans cet hôtel elle a glissé hors de sa vie, et cette allée, ce garage lui sont complètement étrangers. Elle est allée ailleurs. Elle a songé sans déplaisir, avec envie même, à la mort. Elle en prend conscience ici, dans l'allée de Mrs Latch – elle a pensé à la mort avec envie. Elle s'est rendue en secret dans un hôtel, comme on se rend à un rendez-vous avec un amant. Elle est debout, ses clés de voiture et son sac à la main, le regard tourné vers le garage de Mrs Latch. La porte, peinte en blanc, a une petite fenêtre munie d'un volet vert, comme si le garage était une maison miniature accolée à la grande. Soudain, Laura respire plus difficilement. Elle se sent un peu étourdie – elle craint de trébucher et de s'évanouir sur le ciment lisse de l'allée. Elle hésite à remonter dans sa voiture et à repartir. Elle se force à avancer. Elle se rappelle : elle doit aller rechercher son enfant, le ramener à la maison et finir de préparer le dîner d'anniversaire de son mari. Elle doit accomplir ces tâches ordinaires.

Avec un effort, elle prend sa respiration et marche vers le perron étroit de Mrs Latch. C'est l'aspect caché, se dit-elle ; c'est l'étrangeté de l'acte qu'elle vient d'accomplir, quoiqu'il n'y ait rien de mal à cela, n'est-ce pas ? Elle n'est pas allée rejoindre un amant, comme une femme mariée qui a une liaison honteuse. Elle est simplement partie pendant quelques heures, lire son livre, puis elle est revenue. C'est un secret pour l'unique raison qu'elle ne sait pas vraiment comment expliquer, euh, tout l'ensemble – le gâteau, le baiser, le moment de panique lorsque sa voiture a franchi Chavez Ravine. Elle sait encore moins expliquer les deux heures et demie passées à lire dans une chambre d'hôtel.

Elle respire à fond à nouveau. Elle appuie sur la sonnette rectangulaire de Mrs Latch, qui luit d'un éclat orange dans le soleil de la fin d'après-midi.

Mrs Latch ouvre la porte presque tout de suite, comme si elle se tenait juste derrière, à attendre. Mrs Latch a le teint coloré, de grosses hanches sous son bermuda, elle est aimable à l'excès ; sa maison est pleine d'une odeur de rissolé, peut-être un rôti en cours de cuisson, qui la suit quand elle ouvre la porte.

« Ah, bonsoir, dit-elle.

— Bonsoir, répond Laura. Je suis désolée d'être en retard.

— Pas du tout. Nous avons passé un bon moment. Entrez. »

Richie apparaît à la porte de la pièce de séjour. Il est écarlate, inquiet, presque submergé d'amour et de soulagement. On dirait que Laura les a surpris Mrs Latch et lui en train de faire quelque chose, qu'ils se sont arrêtés subitement et ont à la hâte dissimulé un indice. Non, elle a mauvaise conscience aujourd'hui ; il est juste troublé, pense-t-elle. Il est resté les dernières heures dans un univers autre que le sien. En étant chez Mrs Latch, même pendant à peine quelques heures, il a commencé à perdre le fil de sa propre vie. Il s'est mis à croire, non sans chagrin, qu'il vivait là, qu'il avait peut-être toujours vécu là, parmi ces meubles de bois jaune massifs et ces murs tendus de ramie.

Richie éclate en sanglots et s'élance vers elle.

« Allons, allons », fait Laura en le soulevant dans ses bras. Elle respire son odeur, l'essence de son être, une propreté profonde, indéfinissable. À l'étreindre, le humer, elle se sent mieux.

« Il est content de vous voir », dit Mrs Latch avec une gaieté forcée, un tantinet acide. S'était-elle imaginé qu'elle représentait quelque chose de particulier pour lui, qu'il avait une prédilection pour elle et que sa maison était le palais des merveilles ? Oui, c'est sans doute ce qu'elle a cru. Lui en veut-elle soudain d'être le fils de sa mère ? Sans doute.

« Hello, mon canard », murmure Laura à la petite oreille rose de son fils. Elle est fière de son calme maternel, de son emprise sur l'enfant. Ses larmes l'embarrassent. Les gens la trouvent-ils trop protectrice ? Pourquoi se comporte-t-il si souvent ainsi ?

« Avez-vous fini ce que vous aviez à faire ? demande Mrs Latch.

— Oui, plus ou moins. Merci beaucoup de l'avoir gardé.

— Oh, nous nous sommes bien amusés, dit Mrs Latch aimablement, rageusement. Vous pouvez me le confier autant que vous voulez.

— Tu t'es amusé ? demande-t-elle.

— Hmm-mmm », fait Richie, séchant peu à peu ses larmes. Son visage est le paroxysme en réduction de l'espoir, du chagrin et de la confusion.

« Est-ce que tu as été sage ? »

Il secoue la tête.

« Je t'ai manqué ?

— Oui !

— Tu sais, j'ai eu beaucoup à faire, dit Laura. Il faut que nous souhaitions un bel anniversaire à ton papa ce soir, n'est-ce pas ? »

Il hoche la tête. Il continue à la fixer avec une défiance étonnée, larmoyante, comme si elle n'était pas véritablement sa mère.

Laura règle Mrs Latch, accepte un strelitzia de son jardin. Mrs Latch vous offre toujours quelque chose – une fleur, un biscuit –, feignant d'en faire l'objet du paiement et de considérer la garde de l'enfant comme gratuite. Laura s'excuse à nouveau de son retard, prétexte l'arrivée imminente de son mari, abrège l'habituel quart d'heure de conversation. Elle installe Richie dans la voiture et part avec un dernier geste un peu exagéré de la main. Ses trois bracelets d'ivoire se heurtent dans un bruit sec.

Une fois dans la voiture, loin de Mrs Latch, Laura dit à Richie : « Oh, là, là ! nous avons du pain sur la planche. Il faut que nous nous dépêchions de rentrer pour préparer le dîner. Nous devrions être à la maison depuis une heure déjà. »

Il hoche la tête d'un air solennel. La vie reprend son poids et son importance ; la sensation de néant se dissipe. Ce moment, à mi-rue, alors que la voiture s'approche d'un panneau de stop, est étrangement vaste et calme, serein – Laura y pénètre comme elle entrerait dans une église donnant sur une rue bruyante. De chaque côté, des arroseurs projettent des gerbes d'embruns sur les pelouses. Le soleil tardif dore un auvent en aluminium. Tout est indiciblement réel. Elle est une épouse et une mère, enceinte à nouveau, qui rentre chez elle en voiture, pendant que des voiles d'eau s'élèvent dans l'air.

Richie ne parle pas. Il l'observe. Laura freine en arrivant au panneau. Elle dit : « C'est épatant que papa travaille aussi tard. Comme ça, nous aurons le temps de tout arranger. »

Elle lui jette un coup d'œil. Elle croise son regard et y lit quelque chose qu'elle ne reconnaît pas tout à fait. Ses yeux, son visage entier, semblent illuminés de l'intérieur ; il paraît, pour la première fois, éprouver une émotion qu'elle ne parvient pas à déchiffrer.

« Chéri, dit-elle, qu'y a-t-il ? »

Il dit, plus fort que nécessaire : « Maman, je t'aime. »

Il y a quelque chose de bizarre dans sa voix, de glaçant. Une intonation qu'elle entend pour la première fois. Il a l'air affolé, il ressemble à un étranger. Il pourrait être un réfugié, quelqu'un n'ayant qu'une connaissance rudimentaire de l'anglais, qui essaierait désespérément d'exprimer un besoin sans connaître la phrase adéquate.

« Je t'aime aussi, mon bébé », répond-elle et, bien qu'elle ait répété ces mots mille fois, elle perçoit la nervosité étouffée qui se loge au fond de sa gorge, l'effort qu'elle doit fournir pour paraître naturelle. Elle accélère afin de traverser le croisement, les deux mains centrées sur le volant.

On dirait que l'enfant va se remettre à pleurer, comme il le fait si souvent, sans véritable raison, mais ses yeux restent secs et brillants, sans ciller.

« Qu'est-ce qui ne va pas ? » demande-t-elle.

Il continue à la fixer. Il ne bat pas des paupières.

Il sait. Il sait sûrement. Le petit garçon devine qu'elle est allée dans un endroit défendu ; il devine qu'elle ment. Il ne cesse de l'observer ; quand il ne dort pas, il passe presque toutes les heures de la journée en sa présence. Il l'a vue avec Kitty. Il l'a regardée confectionner un second gâteau, et jeter le premier dans la poubelle, sous les ordures. Il se consacre exclusivement à l'observer et à essayer de la comprendre, car sans elle le monde n'existe pas.

Bien sûr qu'il sait quand elle ment.

Elle dit : « Ne te tracasse pas, mon chéri. Tout va bien. Nous aurons une belle fête pour l'anniversaire de ton papa, ce soir. Imagine comme il sera heureux ! Nous avons tous ces cadeaux à lui offrir. Et nous lui avons fait un beau gâteau. »

Richie hoche la tête, toujours sans ciller. Il se balance doucement d'avant en arrière. À voix basse, comme s'il désirait que ses paroles soient devinées plutôt qu'entendues, il dit : « Oui, nous avons fait un beau gâteau. » Il y a dans sa voix une indifférence d'adulte.

Il l'observera tout au long de sa vie. Il saura toujours ce qui ne va pas. Il saura toujours quand et jusqu'où elle a failli.

« Je t'aime, mon chéri, dit-elle. Tu es mon petit homme. » Soudain, pendant un court instant, l'enfant change d'apparence. Il s'illumine, devient d'une pâleur incroyable. Laura reste d'humeur égale. Elle se force à sourire. Elle garde les deux mains posées sur le volant.

MRS DALLOWAY

Elle est venue aider Richard à se préparer pour la réception, mais Richard ne répond pas au coup qu'elle frappe à la porte. Elle frappe à nouveau, plus fort, puis rapidement, nerveusement, elle tourne la clé dans la serrure.

L'appartement est inondé de clarté. Sur le seuil, Clarissa retient une exclamation. Tous les stores sont relevés, les fenêtres ouvertes. Bien qu'il n'y ait rien de plus dans l'air que la lumière qui entre dans tout l'appartement par un après-midi ensoleillé, on dirait que s'est produite, dans ces pièces habitées par Richard, une explosion silencieuse. Il y a ses cartons, sa baignoire (plus sale que dans son souvenir), la glace poussiéreuse et la machine à café de luxe, et chaque objet apparaît dans son véritable pathos, dans sa quotidienne médiocrité. On est là, c'est indiscutable, dans l'appartement d'une personne perturbée.

« Richard ! appelle Clarissa.

— Mrs Dalloway. Oh, Mrs Dalloway, c'est toi. »

Elle se précipite dans l'autre pièce et trouve Richard en robe de chambre, perché sur le rebord de la fenêtre, qu'il chevauche, une de ses jambes décharnées encore dans l'appartement, tandis que l'autre, qu'elle ne voit pas, pend à l'extérieur au-dessus de cinq étages.

« Richard, dit-elle sèchement, descends de là !

— Il fait si beau dehors, dit-il. Quelle journée ! »

Il a l'air exalté et hagard, à la fois vieux et enfantin, à cheval sur l'appui de la fenêtre comme un épouvantail équestre, une statue de Giacometti dans un parc. Ses cheveux, par endroits, sont plaqués sur son crâne ; à d'autres, ils se dressent à angle droit. La jambe qui est encore à l'intérieur, nue jusqu'au milieu de la cuisse, bleuâtre, est squelettique en dépit de l'étonnante petite boule du mollet attachée à l'os avec ténacité.

« Tu me terrifies, dit Clarissa. Je veux que tu cesses immédiatement ce jeu et que tu rentres. Tout de suite. »

Elle s'avance vers lui, et il lève la jambe vers le rebord de la fenêtre. Seul le talon de son pied, une main, et une fesse décharnée restent en contact avec le bois délabré. Sur son peignoir, des fusées aux ailettes rouges lancent de parfaites boules de feu en forme de pommes de pin. Des astronautes casqués, blancs et rebondis comme des bonshommes Michelin, sans visage derrière leur visière opaque, saluent dignement de leurs gants blancs.

Richard dit : « J'ai avalé du Xanax *et* de la Ritaline. Un mélange épatant. Je me sens en pleine forme. J'ai relevé tous les stores, je voulais plus d'air et de lumière. J'ai eu du mal à grimper là-dessus, tu peux me croire.

— Chéri, s'il te plaît, repose ta jambe par terre. Fais-le pour moi, veux-tu ?

— Je ne crois pas que je pourrai venir à la réception, dit-il. Je suis navré.

— Tu n'y es pas obligé. Rien ne t'oblige à faire quoi que ce soit.

— Quelle journée ! Quelle superbe, superbe journée ! »

Clarissa prend une profonde inspiration, puis une seconde. Elle est extraordinairement calme – elle sent qu'elle se comporte bien dans une situation difficile –

195

mais en même temps elle se sent lointaine, loin de cette pièce, comme si elle était témoin d'un événement qui a déjà eu lieu. Et qu'il s'agît d'un souvenir. Quelque chose en elle, quelque chose qui ressemble à une voix sans être une voix, une certitude intérieure qui se confond presque avec les battements de son cœur, dit : *Un jour j'ai trouvé Richard assis sur le rebord d'une fenêtre au cinquième étage.*

Elle dit : « Descends de là. Je t'en prie. »

Le visage de Richard s'assombrit et se crispe, on dirait que Clarissa lui pose une question ardue. Son fauteuil vide, étalé en pleine vue dans la lumière du jour – le rembourrage qui fiche le camp aux coutures, la mince serviette jaune sur l'assise bosselée de cercles rouillés –, pourrait être le symbole de l'absurdité, de la médiocrité de sa maladie fatale.

« *Descends* de là », ordonne Clarissa. Elle parle lentement et fort, comme si elle s'adressait à un étranger.

Richard hoche la tête et ne bouge pas. Sa tête ravagée, frappée par la lumière du jour, est minérale. Sa chair est aussi ravinée, grêlée, creusée que les roches du désert.

Il dit : « Je ne sais pas si je pourrai les supporter. Tu sais, la réception et la cérémonie, et puis l'heure qui suivra, et l'heure qui viendra ensuite.

— Tu n'es pas obligé de venir à la réception. Tu n'es pas obligé d'assister à la cérémonie. Rien ne t'oblige à rien.

— Mais restent toujours les heures, n'est-ce pas ? Une heure et puis une autre, et il faut passer celle-ci et puis, oh mon Dieu, en voilà une autre. Je suis si malade.

— Tu as encore de beaux jours devant toi. Tu le sais.

— Pas vraiment. C'est gentil de ta part de dire ça, mais je *la* sens depuis un certain temps maintenant, qui se referme sur moi comme les mâchoires d'une fleur gigantesque. Une curieuse comparaison, non ? C'est l'impression que j'ai, cependant. Elle a une certaine fatalité végétale. Imagine la dionée attrape-mouches. Le kudzu qui étouffe la forêt. C'est une sorte de progression irrésistible, caoutchouteuse, verte. Vers, bon, tu sais vers quoi. Le silence vert. C'est amusant, non, que même en ce moment ce soit difficile de prononcer le mot "mort" ?

— Est-ce qu'elles sont revenues, Richard ?

— Qui ? Oh, les voix ? Les voix sont toujours là.

— Je veux dire, est-ce que tu les entends distinctement ?

— Non. C'est toi que j'entends. C'est toujours merveilleux de t'entendre, Mrs D. Cela ne t'ennuie pas que je t'appelle encore ainsi ?

— Pas du tout. Rentre. Tout de suite.

— Te souviens-tu d'elle ? Ton alter ego ? Qu'est-elle devenue ?

— C'est elle qui est là. Je suis elle. Je veux que tu rentres. S'il te plaît.

— C'est si chouette ici. Je me sens tellement libre. Tu téléphoneras à ma mère, hein ? Elle est seule, tu sais.

— Richard...

— Raconte-moi une histoire, tu veux bien ?

— Quel genre d'histoire ?

— Un morceau de ta journée. D'aujourd'hui. Même si c'est très banal. Ce serait encore mieux, en fait. Le truc le plus banal auquel tu puisses penser.

— Richard...

— N'importe quoi. Absolument n'importe quoi.

— Bon, ce matin, avant de venir ici, je suis allée acheter des fleurs pour la réception.

— Ah oui ?

— Oui. C'était une belle matinée.

— Vraiment ?

— Oui. Une matinée exquise... si fraîche. J'ai acheté les fleurs, je les ai rapportées à la maison et mises dans l'eau. Voilà. Fin de l'histoire. Maintenant, rentre à l'intérieur.

— *Toute fraîche, un cadeau pour des enfants sur la plage*, dit Richard.

— On pourrait l'exprimer comme ça.

— Comme ces matins où nous étions jeunes ensemble.

— Oui, comme ça.

— Comme le matin où tu es sortie de la vieille maison, lorsque tu avais dix-huit ans et moi, voyons, dix-neuf. J'avais dix-neuf ans et j'étais amoureux de Louis et j'étais amoureux de toi, et je crois que je n'ai jamais rien vu d'aussi beau que toi en train de franchir la porte vitrée au lever du jour, encore endormie, en sous-vêtements. N'est-ce pas bizarre ?

— Si, dit Clarissa. Si. C'est bizarre.

— J'ai échoué.

— Cesse de dire ça. Tu n'as pas échoué.

— Si. Je ne cherche pas la compassion. Pas vraiment. Je me sens seulement très triste. Ce que je souhaitais faire semblait simple. Je voulais créer quelque chose de vivant et d'assez inattendu pour tenir la comparaison avec une matinée dans la vie de quelqu'un. La matinée la plus ordinaire. Imagine, nourrir ce souhait-là. Quelle stupidité !

— Ce n'est pas stupide, pas du tout.

— Je crains de ne pas pouvoir assister à la soirée.

— Écoute, je t'en prie, ne te préoccupe pas de la soirée. Ne pense pas à la soirée. Donne-moi la main.

— Tu as été si bonne pour moi, Mrs Dalloway.

— Richard...

— Je t'aime. N'est-ce pas terriblement convenu ?

— Non. »

Richard sourit. Il secoue la tête. Il dit : « Je ne crois pas que deux êtres puissent être aussi heureux que nous l'avons été. »

Il avance de quelques centimètres, glisse doucement de l'autre côté du rebord de fenêtre, et tombe.

Clarissa hurle : « Non !... »

Il paraît si sûr de lui, si serein, qu'elle imagine un instant qu'il ne s'est rien passé. Elle atteint la fenêtre à temps pour voir Richard qui flotte encore en l'air, sa robe de chambre gonflée autour de lui, et même à ce moment on dirait qu'il s'agit d'un accident mineur, réparable. Elle le voit toucher le sol cinq étages plus bas, tomber à genoux sur le ciment, elle voit sa tête heurter le sol, entend le choc, et pourtant elle persiste à croire, pendant une seconde, penchée par-dessus l'appui, qu'il va se relever, sonné, certes, le souffle coupé, mais encore lui-même, encore entier, encore capable de parler.

Elle l'appelle, une fois. Son nom résonne comme une question, bien plus doucement qu'elle n'en avait l'intention. Richard repose face contre terre, la robe de chambre relevée par-dessus sa tête, ses jambes nues et blanches sur le ciment sombre.

Elle s'élance hors de la chambre, franchit la porte, qu'elle laisse ouverte derrière elle. Elle se rue dans l'escalier. Songe à appeler au secours, mais ne le fait pas. Même l'air semble avoir changé, s'être légèrement désagrégé ; comme si l'atmosphère était tangiblement faite d'une substance et de son contraire. Elle se rue dans l'escalier et a conscience (elle en aura honte plus tard) de ce qu'elle est, une femme qui descend en courant l'escalier, saine et sauve, en vie.

Dans le hall d'entrée, elle connaît un moment d'hésitation sur la façon d'atteindre la courette où est étendu Richard, et elle a brièvement l'impression d'être en enfer. L'enfer est une boîte jaune qui sent mauvais, sans issue, ombragée par un arbre artificiel, fermée par des portes métalliques éraflées (l'une d'elles arbore une décalcomanie d'un crâne couronné de roses).

Dans l'ombre de la cage d'escalier, une porte plus étroite que les autres mène à l'extérieur, au pied de quelques marches de ciment ébréché, vers l'endroit où se trouve Richard. Avant même d'avoir atteint les marches, elle sait qu'il est mort. Sa tête est enfouie dans les plis de la robe de chambre, mais elle voit la flaque de sang, sombre, presque noire, qui s'est formée tout autour. Elle note l'immobilité absolue du corps, l'un des bras tendu selon un angle anormal, la paume retournée, et les deux jambes nues et blanches comme la mort. Il porte encore les pantoufles en feutre grises qu'elle lui a achetées.

Elle descend les trois dernières marches, voit que Richard gît au milieu d'éclats de verre brisé, et ne réalise pas sur-le-champ que ce sont simplement les restes d'une bouteille de bière qui se trouvait déjà là sur le ciment, et non la conséquence de la chute de Richard. Elle se dit qu'elle doit le relever sans attendre, l'écarter du verre.

Elle s'agenouille auprès de lui, passe une main sous son épaule inerte. Doucement, très doucement, comme si elle craignait de le réveiller, elle dégage sa tête de la robe de chambre. La seule chose qu'elle parvient à distinguer dans la masse brillante de rouge, de violet et de blanc, ce sont ses lèvres entrouvertes et un œil ouvert. Elle a conscience d'émettre un son, une exclamation de surprise et de douleur. Elle lui recouvre la tête de sa robe de chambre.

Elle reste agenouillée près de lui, ne sachant que faire. Elle porte à nouveau sa main sur son épaule. Elle ne la caresse pas ; elle laisse simplement sa main posée là. Elle se dit qu'elle devrait appeler la police, mais elle ne veut pas laisser Richard seul. Elle attend que quelqu'un l'appelle d'en haut. Elle regarde les rangées de fenêtres qui s'élèvent au-dessus d'elle, la lessive suspendue, le carré du ciel séparé en deux par la fine lame blanche d'un nuage, et commence à comprendre que personne ne s'est aperçu de rien. Personne n'a vu ni entendu Richard tomber.

Elle ne bouge pas. Elle repère la fenêtre de la vieille dame, avec ses trois statuettes de céramique (invisibles de si bas). La vieille dame est sans doute chez elle, elle ne sort presque jamais. Clarissa a envie de crier pour l'appeler, comme si elle était un membre de la famille, quelqu'un qu'il faut prévenir. Clarissa retarde, pour une minute ou deux, ce qui va suivre inévitablement. Elle demeure auprès de Richard, la main sur son épaule. Elle se sent (et s'en étonne) un peu embarrassée par ce qui vient d'arriver. Elle se demande pourquoi elle ne pleure pas. Elle entend sa propre respiration. Elle voit les pantoufles aux pieds de Richard, le ciel qui se reflète dans la flaque de sang grandissante.

Voilà donc où tout finit, sur un sol de ciment, sous les cordes à linge, au milieu d'éclats de verre. Elle fait descendre sa main, avec une infinie douceur, le long de la courbe fragile de son dos. Furtivement, comme si elle accomplissait un geste interdit, elle se penche et pose son front contre sa colonne vertébrale pendant qu'elle est encore à lui ; pendant qu'il est encore Richard Worthington Brown. Elle respire l'odeur de renfermé de son vêtement, l'acidité vineuse de sa chair mal lavée. Elle voudrait lui parler, mais en est incapable. Elle laisse simplement sa tête reposer sur son dos. Si elle pouvait parler, elle raconterait – elle ne sait avec quels mots au vrai – comment il a eu le courage de créer, et, plus important peut-être encore, comment il a eu le courage d'aimer différemment, pendant des décennies, contre toute raison. Elle lui dirait qu'elle, Clarissa, l'a aimé en retour, qu'elle l'a aimé de toute son âme, mais l'a laissé au coin d'une rue il y a plus de trente ans (et, franche-ment, que pouvait-elle faire d'autre ?). Elle lui confes-serait son désir de mener une vie plutôt ordinaire (ni plus ni moins que ce que désirent les gens en général), et qu'elle aurait tant aimé le voir assister à sa soirée et montrer aux autres invités la dévotion qu'il éprouve pour elle. Elle lui demanderait pardon d'avoir répugné, le jour même qui allait être celui de sa mort, à l'embrasser sur les lèvres, et de s'être dit ensuite qu'elle avait agi ainsi dans le seul souci de sa santé à lui.

MRS BROWN

Les bougies sont allumées. On a chanté la chanson. Dan, en soufflant les bougies, a projeté quelques postillons transparents sur la surface lisse du nappage. Laura applaudit, et peu après Richie l'imite.

« Bon anniversaire, chéri », dit-elle.

Un spasme de fureur monte subitement en elle, lui étreint la gorge. Il est vulgaire, grossier, stupide ; il a craché sur le gâteau. Et elle-même est à jamais prise au piège, dans son rôle d'épouse. Elle doit aller au bout de cette soirée, puis de la matinée du lendemain, et de la soirée suivante, ici, dans ces mêmes pièces, sans pouvoir se rendre ailleurs. Elle doit plaire ; elle doit continuer.

Elle aurait l'impression de marcher dans un champ de neige étincelante. Ce serait terrible et merveilleux. *Nous pensions que ses chagrins étaient des peines ordinaires ; nous n'avions pas compris.*

La colère passe. Tout va bien, se dit-elle. Tout va bien. Ressaisis-toi, pour l'amour du ciel.

Dan glisse un bras autour de ses hanches. Laura perçoit la fermeté, l'odeur charnelle que dégage son corps. Elle regrette. Elle est plus que jamais consciente de sa bonté.

Il dit : « C'est merveilleux. C'est parfait. »

Elle lui caresse la nuque. Ses cheveux sont lissés par la gomina, comme la fourrure d'un phoque. Son visage, où naît un début de barbe, a l'éclat de la transpiration, et de sa coiffure soignée s'échappe une boucle brillante, de la largeur d'un brin d'herbe, qui descend sur son front jusqu'à un point précis au-dessus des sourcils. Il a retiré sa cravate, déboutonné sa chemise ; il émane de lui une essence complexe faite de sueur, d'Old Spice, du cuir de ses chaussures, et de l'odeur ineffable, profondément familière de sa chair – une odeur de fer, de lessive, avec un lointain relent de cuisine, comme si au fond de lui était en train de frire quelque chose d'humide et de gras.

Laura dit à Richie : « Est-ce que tu as fait un vœu, toi aussi ? »

Il hoche la tête, encore que cette idée, c'est probable, ne lui ait pas traversé l'esprit. Il semble qu'il soit toujours, à chaque instant, en train de formuler un vœu, et ses vœux, comme ceux de son père, parlent surtout de continuité. Comme son père, il désire avec le plus d'ardeur ce qu'il a déjà (mais, questionné sur la nature de ses souhaits, il énumère sans hésiter une longue liste de jouets, réels et imaginaires). Comme son père, il sent que désirer davantage représente précisément ce qu'il risque de ne pas obtenir.

« Que dirais-tu de m'aider à découper le gâteau ? lui demande son père.

— D'accord », répond Richie.

Laura apporte les assiettes et les fourchettes à dessert. Elle est là, dans cette modeste salle à manger, en sécurité, avec son mari et son enfant, pendant que Kitty est couchée dans une chambre d'hôpital, attendant d'apprendre ce que les médecins ont découvert. Ils sont là, en famille, dans cette maison. Tout au long de la rue, tout au long d'une multitude de rues, les fenêtres sont éclairées. Des quantités de dîners sont servis ; les victoires et les déceptions d'une quantité de journées sont relatées.

Tandis que Laura dispose les assiettes et les couverts sur la table – qu'ils tintent sur la nappe blanche empesée –, elle a le sentiment subit d'avoir réussi, à la dernière minute, comme un peintre qui ajoute une touche finale de couleur à un tableau et le sauve de l'incohérence ; comme un écrivain qui écrit la phrase mettant en lumière les schémas sous-jacents et la symétrie jusqu'alors obscurs de l'intrigue. C'est plus ou moins dû à la mise en place des assiettes et des fourchettes sur une nappe blanche. C'est aussi indiscutable qu'inattendu.

Dan permet à Richie de retirer les bougies éteintes avant de guider sa main pour découper le gâteau. Laura observe. À cet instant, la salle à manger ressemble à la plus parfaite des salles à manger, avec ses murs vert olive et le buffet d'érable sombre qui abrite la précieuse argenterie de famille. La pièce semble incroyablement pleine : pleine de l'existence de son mari et de son fils ; pleine d'avenir. Elle a de l'importance, elle reluit. Une partie du monde, des pays entiers ont été décimés, mais une force que l'on peut sans ambiguïté qualifier de bonté l'a emporté ; même Kitty, semble-t-il, sera guérie par la médecine. Elle sera guérie. Et si elle ne l'est pas, si elle ne peut plus être sauvée, Dan et Laura et leur fils et la promesse de leur deuxième enfant seront encore tous là, dans cette pièce, où le petit garçon fronce les sourcils sous l'effet de la concentration, appliqué à ôter les bougies, et où son père lui en tend une et l'invite à lécher le reste du glaçage.

Laura suit des yeux le moment qui passe. Voilà, pense-t-elle ; il s'écoule. La page est sur le point d'être tournée.

Elle sourit à son fils, paisiblement, de loin. Il lui rend son sourire. Il lèche l'extrémité de la bougie éteinte. Il formule un autre vœu.

MRS WOOLF

Elle tâche de se concentrer sur le livre qu'elle tient sur les genoux. Bientôt, Leonard et elle quitteront Hogarth House et iront s'installer à Londres. La décision a été prise. Virginia a gagné. Elle fixe son attention. Les restes de bœuf ont été emportés, la table nettoyée, la vaisselle lavée.

Elle ira au théâtre et au concert. Elle assistera à des réceptions. Elle se promènera dans les rues, regardera tout, se gavera d'anecdotes.

... la vie ; Londres...

Elle écrira et écrira encore. Elle achèvera ce livre, puis en écrira un autre. Elle restera saine d'esprit et vivra comme elle l'a toujours voulu, une existence riche et pleine, entourée de gens comme elle, en pleine possession de ses dons.

Elle se rappelle, soudain, le baiser de Vanessa.

Le baiser était innocent – plutôt innocent –, mais il contenait en quelque sorte ce que Virginia attend de Londres, de l'existence ; il était empli d'un amour complexe et avide, un amour ancien, indécis. Il aura été la manifestation du mystère essentiel de cet après-midi, l'insaisissable brillance qui s'attarde au pourtour de certains rêves ; la brillance qui, à peine sommes-nous réveillés, échappe déjà à notre esprit, et qu'en nous levant nous espérons découvrir, qui sait, aujourd'hui, ce jour nouveau où tout peut arriver, absolument tout. Elle, Virginia, a embrassé sa sœur, pas tout à fait innocemment, derrière le large dos boudeur de Nelly, et à présent la voilà dans une pièce avec un livre sur les genoux. Elle est une femme qui va partir s'installer à Londres.

Clarissa Dalloway aura aimé une femme, c'est ça ; une autre femme, lorsqu'elle était jeune. Elle et cette femme auront échangé un baiser, un seul, comme les baisers enchantés des contes de fées, et Clarissa emportera le souvenir de ce baiser, l'envolée d'espoir qu'il contenait, toute sa vie. Elle ne trouvera jamais un amour semblable à celui que promettait cet unique baiser.

Excitée, Virginia se lève et pose le livre sur la table. Assis dans son fauteuil, Leonard demande : « Tu vas te coucher ?

— Non, il est tôt, n'est-ce pas ? »

Il consulte sa montre d'un air sévère. « Il est presque dix heures et demie, dit-il.

— Je suis seulement nerveuse. Je ne suis pas fatiguée.

— J'aimerais que tu te couches à onze heures. »

Elle hoche la tête. Elle continuera à bien se comporter, maintenant qu'a été prise la décision d'aller à Londres. Elle quitte le petit salon, traverse l'entrée, et pénètre dans la salle à manger plongée dans l'obscurité. Le clair de lune et la lumière de la rue tombent depuis la fenêtre sur la nappe, formant de longs rectangles balayés par les branches qu'agite le vent pour réapparaître et être balayés à nouveau. Virginia s'immobilise dans l'embrasure de la porte, regarde les dessins bouger comme elle observerait les vagues qui se brisent sur la plage. Oui, Clarissa aura aimé une autre femme. Clarissa aura embrassé une femme, rien qu'une fois. Clarissa sera désespérée, profondément seule, mais elle ne mourra pas. Elle aimera trop la vie, et Londres.

Virginia imagine quelqu'un d'autre, oui, quelqu'un plein de force physique mais fragile d'esprit ; quelqu'un qui possède une touche de génie, de poésie, broyé par les rouages du monde, par la guerre et l'administration, par les médecins ; une personne qui est, au sens technique, mentalement malade, parce qu'elle voit des significations partout, sait que les arbres sont des êtres sensibles et que les moineaux chantent en grec. Oui, quelqu'un de ce genre. Clarissa, Clarissa la saine d'esprit – l'exubérante et banale Clarissa –, continuera à vivre, à aimer Londres, à aimer sa vie de plaisirs ordinaires, et ce sera quelqu'un d'autre, un poète dérangé, un visionnaire, qui mourra.

MRS BROWN

Elle finit de se brosser les dents. Les assiettes ont été lavées et rangées. Richie est au lit, son mari attend. Elle rince la brosse sous le robinet, se rince la bouche, crache dans le lavabo. Son mari occupera son côté du lit, les yeux fixés sur le plafond, les mains croisées derrière la tête. Quand elle pénétrera dans la chambre, il la regardera, l'air surpris et heureux de la voir là, sa femme, entre toutes, s'apprêtant à ôter sa robe de chambre, à la poser sur le dossier d'une chaise, et à se glisser dans le lit à son côté. C'est sa façon d'être – un étonnement d'adolescent ; une allégresse courtoise, un peu gênée ; une innocence profonde et troublée au creux de laquelle le sexe se love comme un serpentin. Elle pense parfois, elle ne peut s'en empêcher, à ces boîtes de cacahuètes vendues dans les boutiques de farces et attrapes, celles qui contiennent des serpents de papier prêts à jaillir dès qu'on soulève le couvercle. Elle ne lira pas, ce soir.

Elle range la brosse à dents à sa place dans le support de porcelaine.

Quand elle regarde dans le miroir de l'armoire à pharmacie, elle se figure brièvement que quelqu'un se tient derrière elle. Il n'y a personne, naturellement ; ce n'est qu'un effet de lumière. Pendant un instant, pas davantage, elle a imaginé son propre fantôme, une deuxième version d'elle, dans son dos, en train de l'observer. Ce n'est rien. Elle ouvre l'armoire, range le tube de pâte dentifrice. Là, sur les tablettes de verre, sont disposées les divers vaporisateurs et lotions, les sparadraps et les onguents, les médicaments. Il y a le flacon de plastique qui contient ses comprimés de somnifères. Tout récent, ce flacon est presque plein – elle ne peut pas les utiliser, bien sûr, tant qu'elle est enceinte.

Elle s'en empare sur la tablette, l'élève à la lumière. Il reste au moins une trentaine de comprimés à l'intérieur, peut-être davantage. Elle le remet en place.

Ce serait aussi simple que de prendre une chambre d'hôtel. Aussi simple. Comme il serait merveilleux de ne plus avoir d'existence… Merveilleux de ne plus se tourmenter, de ne plus lutter ni échouer.

Et si ce moment durant le dîner – cet équilibre, ce bref instant de perfection – suffisait ? Si elle décidait de ne pas désirer plus ?

Elle referme la porte de l'armoire à pharmacie, qui vient s'ajuster dans l'encadrement avec un déclic sourd et métallique. Elle réfléchit à tout ce que l'armoire contient encore, sur les tablettes à présent plongées dans le noir. Elle regagne la chambre, où attend son mari. Elle enlève sa robe de chambre.

« Ohé, fait-il d'un ton plein d'assurance, tendrement, de sa place dans le lit.

— Tu es content de ton anniversaire ?

— Très content. » Il écarte le drap à son intention, mais elle hésite, debout près du lit dans sa mince chemise de nuit bleue. Elle a l'impression de ne pas sentir son corps, bien qu'il soit présent.

« Tant mieux, dit-elle. Je suis heureuse qu'il t'ait fait plaisir.

— Tu viens te coucher ?

— Oui », répond-elle, et elle ne bouge pas. Elle pourrait, à cet instant, n'être rien d'autre qu'un esprit flottant dans l'air ; pas même un cerveau à l'intérieur d'un crâne, seulement une présence douée de perception, comme pourrait l'être un fantôme. Oui, pense-t-elle, c'est sans doute ça être un fantôme. C'est un peu comme lire, n'est-ce pas – avoir la sensation de connaître les gens, les décors, les situations, sans jouer de rôle particulier, excepté celui de l'observateur attentif.

« Alors, fait Dan au bout d'un moment. Est-ce que tu viens te coucher ?

— Oui », dit-elle.

Elle entend un chien aboyer dans le lointain.

MRS DALLOWAY

Clarissa pose sa main sur l'épaule de la vieille dame, comme pour la préparer au choc qui va suivre. Sally, qui les a précédées le long du couloir, ouvre la porte.

« Nous y sommes, dit Clarissa.

— Oui », répond Laura.

Quand elles entrent dans l'appartement, Clarissa constate avec soulagement que Julia a desservi le buffet. Les fleurs, naturellement, sont restées – resplendissantes et innocentes, débordant des vases à profusion, car Clarissa déteste les arrangements trop réguliers. Elle préfère que les fleurs aient l'air d'être arrivées des champs à l'instant, par brassées.

À côté d'un vase rempli de roses, Julia dort sur le canapé, un livre ouvert sur les genoux. Dans son sommeil, elle reste assise avec une expression de surprenante dignité, voire d'autorité, droite, les épaules baissées et les pieds posés sur le sol, la tête légèrement inclinée en avant, comme en prière.

À ce moment, elle pourrait être une déesse mineure descendue soulager l'anxiété des mortels, venue s'asseoir avec une grave et tendre assurance, et murmurer, dans cet état extatique, à ceux qui entrent : Tout va bien, ne craignez rien, vous n'avez simplement qu'à mourir.

« Nous sommes de retour », dit Sally.

Julia se réveille, cligne des yeux et se lève. Le charme est rompu ; Julia est une jeune fille, à nouveau. Sally pénètre à grands pas dans la pièce, se débarrasse de sa veste en marchant, créant l'illusion fugace que la vieille femme et Clarissa se tiennent, timides, dans l'entrée, un peu en arrière, ôtant soigneusement leurs gants, alors qu'il n'y a pas d'entrée et qu'elles ne portent pas de gants.

Clarissa dit : « Julia, je te présente Laura Brown. »

Julia avance d'un pas, s'arrête à une distance respectueuse de Laura et de Clarissa. Où a-t-elle acquis cette aisance et cette présence ? se demande Clarissa. Elle est encore une toute jeune fille.

« Je suis vraiment désolée », fait Julia.

Laura dit : « Merci », d'une voix plus claire et plus ferme que ne s'y attendait Clarissa.

Laura est une grande femme un peu voûtée de quatre-vingts ans ou plus. Ses cheveux sont d'un gris métallique brillant ; sa peau est translucide, parcheminée, criblée de taches de son foncées aussi petites que des piqûres d'aiguille. Elle porte une robe sombre fleurie et des chaussures de vieille femme souples, à semelles de crêpe.

Clarissa la conduit dans la pièce. Un silence passe. Et du silence émane l'impression que Clarissa, Sally et même Laura viennent d'arriver, inquiètes et nerveuses, ne connaissant personne, pas assez habillées, à une réception donnée par Julia.

« Merci d'avoir débarrassé, Julia, dit Sally.

— J'ai joint presque tous ceux qui étaient sur la liste, dit Julia. Quelques personnes sont venues. Louis Waters.

— Oh, mon Dieu ! Il n'a pas eu mon message…

— Et il y avait deux femmes, j'ai oublié leurs noms. Et un autre homme aussi, un Noir, Gerry Quelquechose.

— Gerry Jarman, dit Clarissa. Était-il dans un état effroyable ?

— Gerry Jarman n'allait pas trop mal. Louis, en revanche, s'est effondré. Il est resté près d'une heure. J'ai longuement parlé avec lui. Il semblait mieux quand il est parti. Un peu mieux.

— Je suis navrée, Julia. Je suis navrée que tu aies dû t'occuper de tout ça.

— Tout s'est bien passé. Ne t'inquiète pas pour moi. »

Clarissa hoche la tête. Elle se tourne vers Laura : « Vous devez vous sentir épuisée.

— Je ne sais plus très bien ce que je ressens.

— Asseyez-vous, je vous en prie. Avez-vous envie de manger quelque chose ?

— Oh, je ne crois pas, merci. »

Clarissa guide Laura jusqu'au canapé. Laura s'assied avec soulagement, mais non sans prudence, comme si elle était à bout de forces ou incertaine de la stabilité du siège.

Julia s'approche et se tient devant Laura, se penche à son oreille.

« Je peux vous faire du thé, dit-elle. Il y a aussi du café. Ou un cognac.

— Une tasse de thé serait la bienvenue. Merci.

— Vous devriez *vraiment* manger un peu, suggère Julia. Je parie que vous n'avez rien avalé depuis que vous êtes partie de chez vous, n'est-ce pas ?

— Eh bien… »

Julia dit : « Je vais préparer deux ou trois choses à la cuisine.

— C'est très gentil, ma chère », dit Laura.

Julia jette un coup d'œil à Clarissa. « Maman, reste ici avec Mrs Brown. Sally et moi allons voir ce que nous avons à la cuisine.

— Bien », fait Clarissa. Elle s'installe à côté de Laura sur le canapé. Elle obéit simplement à sa fille et en ressent un soulagement surprenant. Peut-être, pense-t-elle, commence-t-on à mourir ainsi : en s'abandonnant aux soins d'une fille devenue adulte, au confort d'une pièce. Il y a l'âge, aussi. Place aux petites consolations, à la lampe et au livre. Place à un monde de plus en plus dirigé par d'autres que vous ; qui réussiront ou échoueront ; qui ne vous regardent pas lorsqu'ils vous croisent dans la rue.

Sally dit à Clarissa : « Tu ne trouves pas ça un peu trop morbide de manger ce qui était préparé pour la réception ? Tout est encore là.

— Je ne crois pas, répond Clarissa. Je pense que cela aurait plu à Richard. »

Elle jette un regard inquiet en direction de Laura. Laura sourit, serre ses coudes contre elle, semble fixer quelque chose sur le bout de ses chaussures.

« Oui, fait Laura. Je pense que cela lui aurait plu, en effet.

— Dans ce cas, donc », dit Sally. Julia et elle vont dans la cuisine.

D'après la pendule, il est minuit dix. Laura se tient assise avec une sorte de retenue guindée, les lèvres contractées, les yeux mi-clos. Elle attend simplement que l'heure s'écoule, présume Clarissa. Elle attend de se retrouver au lit, seule.

Clarissa dit : « Vous pouvez aller vous coucher tout de suite si vous le désirez, Laura. La chambre d'amis est au bout du couloir.

— Merci, dit Laura. J'irai, dans un petit moment. »

Un autre silence les enveloppe, ni intime ni particulièrement inconfortable. La voilà donc enfin, pense Clarissa ; voilà donc la femme des poèmes de Richard. La mère perdue, le suicide refoulé ; voilà la femme qui est partie. Il est à la fois choquant et consolant qu'un tel personnage ne soit, en réalité, qu'une vieille dame à l'air ordinaire assise sur un canapé, les mains sur les genoux.

Clarissa dit : « Richard était un homme merveilleux. »

Elle le regrette immédiatement. Déjà commencent les petits éloges obligés ; déjà celui qui vient de mourir est peint comme un bon citoyen, un homme charitable, un être exquis. Pourquoi a-t-elle dit ça ? Pour consoler une vieille femme, en fait, et pour se rendre agréable. Et, disons la vérité, aussi pour affirmer son droit sur le corps : *C'est moi qui le connaissais le plus intimement, c'est à moi que revient en premier le droit de l'apprécier*. Elle aimerait ordonner à Laura Brown d'aller se coucher, de fermer la porte et de rester dans sa chambre jusqu'au matin.

« Oui, dit Laura. Et c'était un merveilleux écrivain, n'est-ce pas ?

— Vous avez lu ses poèmes ?

— Oui. Et son roman aussi. »

Elle sait donc. Elle sait tout sur Clarissa, et elle sait qu'elle-même, Laura Brown, est le spectre et la déesse d'un petit recueil de mythes secrets connus du public (si « public » n'est pas un terme trop pompeux pour la petite bande d'amateurs obstinés de poésie qui subsistent encore). Elle sait qu'elle a été adorée et méprisée ; qu'elle a obsédé l'homme qui, peut-être, sera un jour tenu pour un artiste important. Elle est là, avec ses taches de son, dans sa robe fleurie. Elle parle avec calme de son fils, dit qu'il était un écrivain merveilleux.

« Oui, dit Clarissa désarmée. C'était un écrivain merveilleux. » Que dire d'autre ?

« Vous n'avez jamais été son éditrice, n'est-ce pas ?

— Non. Nous étions trop proches. C'eût été trop compliqué.

— Oui. Je comprends.

— Les éditeurs ont besoin d'une certaine objectivité.

— Bien sûr. »

Clarissa a l'impression d'étouffer. Pourquoi est-ce si difficile ? Pourquoi est-il impossible de parler simplement à Laura Brown, de lui poser les questions importantes ? Quelles *sont* les questions importantes ?

Clarissa dit : « Je me suis occupée de lui du mieux que j'ai pu. »

Laura hoche la tête. « Je regrette de n'avoir pas fait plus pour lui.

— J'ai le même regret, moi aussi. »

Laura tend la main et prend celle de Clarissa. Sous la peau douce et flasque de la main de Laura courent, palpables, les arêtes et les articulations des os, les linéaments des veines.

Elle dit : « Nous avons fait du mieux possible, ma chère. On ne peut pas demander plus, n'est-ce pas ?

— Oui, en effet », approuve Clarissa.

Ainsi, Laura Brown, la femme qui voulait mourir et n'y parvint pas, la femme qui abandonna sa famille, est en vie alors que tous les autres, tous ceux qui ont lutté pour survivre dans son sillage, sont morts. Elle est en vie aujourd'hui, après que son mari a été emporté par un cancer du foie, après que sa fille a été tuée par un chauffard ivre. Elle est en vie après que Richard a sauté par la fenêtre et atterri sur un lit de verre brisé.

Clarissa tient la main de la vieille femme. Que peut-elle faire d'autre ?

Elle dit : « Je crains que Julia n'ait oublié votre thé.

— Je suis sûre que non, ma chère. »

Clarissa regarde en direction des portes vitrées qui donnent sur le modeste jardin. Laura Brown et elle se reflètent, imparfaitement, dans les vitres noires. Clarissa revoit Richard sur le rebord de la fenêtre ; Richard en train de se laisser tomber ; sans sauter vraiment, mais comme s'il glissait d'un rocher jusque dans l'eau. À quoi a-t-il ressemblé, le moment où il a accompli l'irrévocable ; où il a quitté son appartement sombre et s'est retrouvé libéré dans l'air ? Quelle sensation vous envahit en voyant la courette au-dessous, avec ses poubelles bleu et marron, son bris de verre ambré, se précipiter à votre rencontre ? Y a-t-il – serait-ce possible ? – une sorte de plaisir à s'écraser sur le sol, et sentir (l'a-t-il senti ?) son crâne éclater, toutes ses impulsions, ses petites lumières, se répandre hors de vous ? Il est possible que le moment ne soit pas très douloureux. Qu'il y ait l'idée de la douleur, le premier choc, et ensuite… ce qui vient après.

« Je vais jeter un coup d'œil, dit Clarissa. Je reviens dans une minute.

— Très bien », dit Laura.

Clarissa se lève, un peu chancelante, et pénètre dans la cuisine. Sally et Julia ont sorti les plats du réfrigérateur et les ont empilés sur les comptoirs. Il y a des spirales de blanc de poulet grillé, tacheté de noir, badigeonné de jaune vif, empalées sur des bâtonnets de bois, disposées autour d'un bol de sauce à la cacahuète. Il y a de minuscules tartes à l'oignon. Il y a des crevettes à la vapeur, et des cubes rutilants de thon cru, accompagnés de wasabi. Il y a des triangles sombres d'aubergine grillée, et des sandwichs ronds de pain bis, et des feuilles d'endive discrètement remplies de fromage de chèvre et de noix pilées. Il y a des coupelles pleines de légumes crus. Et il y a, dans le plat de terre cuite, la terrine de crabe préparée par Clarissa en personne, pour Richard, parce que c'était sa recette préférée.

« Mon Dieu, dit Clarissa. Regardez-moi tout ça.

— Nous attendions cinquante personnes », dit Sally.

Elles restent un instant figées, toutes les trois, devant les assiettes débordant de nourriture. Tout est impeccable, comme intangible ; on dirait presque une exposition de reliques. Clarissa a soudain l'impression que la nourriture – cette entité périssable entre toutes –

subsistera là une fois qu'elle et les autres auront disparu ; une fois qu'elles toutes, même Julia, seront mortes. Elle imagine la nourriture toujours à la même place, toujours fraîche, intacte, tandis qu'elle et les autres quittent ces pièces, l'une après l'autre, pour toujours.

Sally prend la tête de Clarissa dans ses mains. Elle l'embrasse sur le front, déterminée, comme on appose un timbre sur une lettre, pense Clarissa.

« Allons manger, et nous coucher, murmure-t-elle à l'oreille de Clarissa. Il est temps que cette journée prenne fin. »

Clarissa presse l'épaule de Sally. Elle voudrait dire : « Je t'aime », mais Sally le sait. Sally lui presse à son tour le haut du bras.

« Oui, dit Clarissa, il est temps. »

Il semble, à ce moment-là, que Richard commence à quitter le monde pour de bon. Pour Clarissa, c'est une sensation presque physique, un lent mais irréversible arrachement, comme un brin d'herbe que l'on tire du sol. Bientôt, elle dormira, bientôt, tous ceux qui l'ont connu seront endormis, et ils se réveilleront en découvrant qu'il a rejoint le royaume des morts. Elle se demande si la matinée du lendemain ne marquera pas non seulement la fin de la vie terrestre de Richard, mais aussi le commencement de la fin de sa poésie. Après tout, il y a tant de livres. Certains, une poignée, sont bons, et de cette poignée seuls quelques-uns survivront. Il est possible que les citoyens de l'avenir, des gens qui ne sont pas encore nés, aient envie de lire les élégies de Richard, ses plaintes superbement rythmées, ses protestations d'amour et de fureur rigoureusement dénuées de sentimentalisme, mais il est beaucoup plus probable que ses livres disparaîtront avec presque tout le reste. Clarissa, le personnage d'un roman, disparaîtra, tout comme Laura Brown, la mère perdue, la martyre et le démon.

Oui, pense Clarissa, il est temps que le jour prenne fin. Nous donnons nos réceptions ; nous abandonnons nos familles pour vivre seuls au Canada ; nous nous escrimons à écrire des livres qui ne changent pas la face du monde, malgré nos dons et nos efforts obstinés, nos espoirs les plus extravagants. Nous menons nos vies, nous faisons ce que nous avons à faire, et puis nous dormons – c'est aussi simple et banal que cela. Certains se jettent par la fenêtre ou se noient ou avalent des pilules ; plus nombreux sont ceux qui meurent par accident ; et la plupart d'entre nous, la vaste majorité, est lentement dévorée par une maladie ou, avec beaucoup de chance, par le temps seul. Mais il y a ceci pour nous consoler : une heure ici ou là pendant laquelle notre vie, contre toute attente, s'épanouit et nous offre tout ce dont nous avons jamais rêvé, même si nous savons tous, à l'exception des enfants (et peut-être eux aussi) que ces heures seront inévitablement suivies d'autres, ô combien plus sombres et plus ardues. Pourtant, nous chérissons la ville, le matin ; nous voudrions, plus que tout, en avoir davantage.

Le ciel seul sait pourquoi nous l'aimons tant.

Voilà donc la réception, les mets encore dressés ; les fleurs, encore fraîches. Tout est prêt pour les invités, qui ne sont que quatre à être venus. Pardonne-nous, Richard. Après tout, c'est quand même une réception. C'est une réception pour ceux qui ne sont pas encore morts ; pour ceux qui ne sont pas trop détériorés ; qui, pour d'obscures raisons, ont la chance d'être en vie.

C'est, en fait, une immense chance.

Julia dit : « Crois-tu que je devrais préparer une assiette pour la mère de Richard ?

— Non, dit Clarissa. Je vais aller la chercher. »

Elle retourne dans le salon, auprès de Laura Brown. Laura sourit timidement à Clarissa – qui sait, en vérité, ce qu'elle pense ou ressent ? C'est donc elle, la femme emplie de rage et de chagrin, la femme pathétique, au charme éblouissant ; l'amoureuse de la mort ; la victime et la tortionnaire qui hantait l'œuvre de Richard. La voilà ici, dans cette pièce, la bien-aimée, la traîtresse. Elle est là, une vieille femme, une bibliothécaire de Toronto à la retraite, portant des chaussures de vieille femme.

Et c'est elle, Clarissa, qui n'est plus désormais Mrs Dalloway ; il n'y a plus personne pour l'appeler ainsi. Elle est là, avec une nouvelle heure devant elle.

« Venez, Mrs Brown, dit-elle. Tout est prêt. »

Remerciements

Je dois beaucoup à Jill Ciment, Judy Clain, Joel Conarroe, Stacey d'Erasmo, Bonnie Friedman, Marie Howe et Adam Moss qui m'ont considérablement aidé à réviser ce livre. M'ont également et généreusement assisté dans le domaine de la recherche, des conseils techniques et autres, Dennis Dermody, Paul Elie, Carmen Gomezplata, Bill Hamilton, Ladd Spiegel, John Waters et Wendy Welker. Mon agent, Gail Hochman, et mon éditeur, Jonathan Galassi, ont été de vrais saints. Tracy O'Dwyer et Patrick Giles ont joué en matière d'inspiration un rôle plus important qu'ils ne le pensent par l'ampleur et la justesse de leurs lectures. Mes parents et ma sœur sont de grands lecteurs eux aussi, bien que leur contribution déborde largement cet aspect. Donna Lee et Cristina Thorson ont pour moi un rôle essentiel et multiple que je ne peux décrire ici.

« Three Lives and Company », la librairie qu'animent Jill Dubar et Jenny Feder, est un sanctuaire et, à mes yeux, le centre du monde civilisé. C'est depuis longtemps le lieu où je me rends lorsque j'ai besoin de me rappeler pourquoi les romans valent la peine d'être écrits.

La Engelhard Foundation m'a généreusement accueilli, et j'ai bénéficié d'une bourse de la Mrs Giles Whiting Foundation. Toutes deux ont facilité ma tâche.

À tous, ma profonde reconnaissance.

Notes concernant les sources

Bien que Virginia Woolf, Leonard Woolf, Vanessa Bell, Nelly Boxall et d'autres encore apparaissent dans ce livre comme des personnages de roman, j'ai tenté de rendre aussi fidèlement que possible les détails de leur vie telle qu'elle s'est déroulée par une journée fictive de 1923. Je me suis fondé sur diverses sources, en tout premier lieu deux biographies superbement composées et pénétrantes : *Virginia Woolf : A Biography*, de Quentin Bell [1], et *Virginia Woolf*, par Hermione Lee. Furent également essentiels : *Virginia Woolf : The Impact of Childhood Sexual Abuse on Her Life and Work*, par Louise de Salvo, et *Virginia Woolf*, par James King, *Selected Letters of Vanessa Bell*, rassemblées par Regina Marler, *Woman of Letters : A Life of Virginia Woolf*, par Phyllis Rose [2], *A Marriage of True Minds : An Intimate Portrait of Leonard and Virginia Woolf*, par George Spater et Ian Parsons, et *Beginning Again : An Autobiography of the Years 1911 to 1918* et *Downhill All the Way : An Autobiography of the Years 1919 to 1939*, par Leonard Woolf. Un chapitre concernant *Mrs Dalloway* dans l'ouvrage de Joseph Boone *Libidinal Currents : Sexuality and the Shaping of Modernism* m'a beaucoup appris, ainsi qu'un article de Janet Malcolm, « A House of One's Own », publié dans *The New Yorker*, en 1995. J'ai trouvé des informations précieuses dans

---

1. *Virginia Woolf*, trad. Francis Ledoux, Stock, 2 vol.
2. *Virginia Woolf*, trad. Theresa de Cherisey, éd. La Manufacture.

les introductions à diverses éditions de *Mrs Dalloway* : celle de Maureen Howard dans l'édition de Harcourt Brace & Co., d'Elaine Showalter dans l'édition de Penguin, et de Claire Tomalin dans l'édition d'Oxford. Je suis redevable à Anne Olivier Bell et à Andrew McNeillie d'avoir réuni et mis en forme les journaux de Virginia Woolf, et à Nigel Nicolson et Joanne Trautmann de leur travail concernant sa correspondance. Lors de ma visite à Monk's House à Rodmell, Joan Jones m'a aimablement accueilli et renseigné. À tous, j'offre mes remerciements.

Impression réalisée sur Presse Offset par

BRODARD & TAUPIN

GROUPE CPI

18423 – La Flèche (Sarthe), le 03-04-2003
Dépôt légal : mars 2001

POCKET – 12, avenue d'Italie - 75627 Paris cedex 13
Tél. : 01.44.16.05.00

Imprimé en France